エッセンシャル牧水

Essential Bokusui

妻が選んだベスト・オブ・牧水

田畑書店

表紙画：髙山啓子

目次

【凡例】

(1)本書は雑誌「創作」昭和七年一月号より同十六年九月号までの目次裏に掲載された牧水の作品からの抜粋をまとめたものである。

(2)『若山牧水全集　全十三巻』（増進会出版社刊）を底本としたが、「創作」掲載時のものと比して異同語句がある場合は「創作」に準じた。（該当歌には＊印を付けた）

(3)表記は基本的に、散文作品は新字・新仮名に、韻文作品は新字・旧仮名に改めた。

(4)散文作品において、漢字語のうち、代名詞・副詞・接続詞など使用頻度の高いものを、一定の枠内で平仮名に改めた。

(5)読みにくい語、読み誤りやすい語には、散文作品では新仮名で、韻文作品では旧仮名で、振り仮名を付した。

（編集部）

歌話断片

歌話一題

歌を自分から放散するものだとのみ考うることは正しくない。放散も無論よろしい。が、その一方に自分に浸透して来るものでも歌はあらねばならぬ。もともと詩歌はこの放散主義から生れたものであったかも知れぬ。しかしいつまでもその出立点に突っ立って手を振り足を動かしてのみいるのは決して聡明なやりかたでない。且《か》つ放散一方だとその性質上どうしても放漫に流れ易く、濫作に傾く。その場限りの興趣に溺れ、線香花火のぱちぱちで終りやすい。含蓄する所少く、浅薄に陥る。内に省みて深く湛《たた》うるの余裕と透徹とを欠く。

（十三巻「歌話一題」より）

歌話

歌に限らず、小説でも何でも、出来得《できう》べくんば何等の助勢をからず、表わそうとする作品の真髄そのものだけを出したいものであるのだ。しかし、芸術とか何とかなって出る以上、言語をかり、言語の連なりかたによって種々の形をかり、つづまり一の形式となって出て来るのである。それは止むを得ないとしても出来るだけはそれらの仮勢を増長せしめず、最も都合よく運用して、真髄そのものに近いものを出すべきであり、出したいものである。私は作物を鑑賞するに、よく、あれには粉があるといい無いという。眼を瞑《と》じて作物に触れて見るに、或は指先に粉か塵か砂ばかりが触れるもあり或は作品の上に多少のそれらの混ずるを感ずるもあり、或は微塵の砂なく粉なく、玲瓏《れいろう》たる作品の真髄そのものに触るるもある。希《ねがわ》くば我等は常に最後の境地に在りたいものであると念《ねが》う。

（三巻「牧水歌話　秀歌をおもふ心」より）

日本語

ほとんど外国語の一語をすら知らないので、彼我《ひが》の比較は出来ないが、私はわが日本語にもまた棄て難いいいのちのあることを信じて疑わない。こういう所がこうだとの説明をば御免蒙《こうむ》るが、この海洋に浮く島の上に何千年来生息して来た日本人種に、よし幾多の欠点はあろうとも、また棄てがたく好い所のあると同様に、この人種に今日まで用いられて来た日本語に私は少なからぬ愛情と感謝とを持っている。出来るなら私は私の歌にこの日本語の好い所を極度まで結晶させてみたい。使いようによっては（即ち技巧の程度によっては）この言語それ自身が、我等人間同様の感触を帯びるに相違ないと信ずる。何となくすたれ気味になって来た我が日本語よ、私は心から御身の健在を祈る。

（三巻「牧水歌話　秀歌をおもふ心」より）

見取図の歌

私にはどうしても天然を歌うことが出来ない、とこういって来た人がある。その人の歌を見ると山なら山をうたおうとするにはまずその形から始めて雲のかかった有様、樹のなりふりに及んで水の流れている所まで詠みこもうと苦心している。これでは見取図というのに外ならなくなってただ単なる報告に留る。歌おうと思った山の気分、感じを最もよく現わして居るものをまず十分に感得して、それだけに専ら心を注いで歌った方が遥かに山が生きて来る。例えば一本の樹木だけを詠んで山の感じを現わすとか、一茎の草のそよぎを捉えて黄昏の気分を出すとかするの類である。

（三巻「牧水歌話　感想断片」より）

山ざくら

うすべにに葉はいちはやく萌えいでて咲かむとすなり山桜花《やまざくらばな》
うらうらと照れる光にけぶりあひて咲きしづもれる山ざくら花
花も葉も光りしめらひわれの上に笑みかたむける山ざくら花
かき坐る道ばたの芝は枯れたれや坐りて仰《あふ》ぐ山ざくら花
瀬々《せぜ》走《はし》るやまめうぐひのうろくづの美しき春の山ざくら花
椎《しひ》の木のしげみが下《した》のそば道に散りこぼれたる山ざくら花
ひともとや春の日かげをふくみもちて野づらに咲ける山ざくら花
刈りならす枯萱山《かれかややま》の山はらに咲きかがよへる山ざくら花

（十巻「山桜の歌　大正十一年」より）

歌話断片

出来るならば、三十一文字《みそひともじ》中のどの一字に触っても温みを感ずるくらいにしたい。歌われてある内容と共に一字一句が、或は直《ただ》ちに歓楽であり、或は悲哀悲惨そのものであるように歌いたい。一目見ただけで襲われるような感じを持つほどにその歌に生気あらしめたい。「なるほど、これはこんなことを歌ったのだな、解るにはわかる」というような感じを読者に持たれることは詩人の恥辱である。また歌われた事の顚末に同情を持たるるために、延《ひ》いてその歌をよく見らるることも詩人の名誉では決してない。歌と歌われた事実とのあいだに間隙《かんげき》あらしむるは確かに作者の負債である。

（三巻「牧水歌話　感想斷片」より）

主観

よく自然を詠み入るる私の歌を見て、私の歌に主観が無くなったように非難する人がある。我がこころゆく山川草木《さんせんそうもく》に対《むか》う時それを歌うとき、山川草木は直《ただ》ちに私の心である。心が彼等のすがたを仮《か》ってあらわれたものにすぎぬ。その歌に主観のこもらぬ道理のあろう筈《はず》がないと私は信じている。これは、主観そのものでなく主観の説明を所謂《いわゆる》強烈な主観だと心得ている人々には或は物足らぬことかも知れぬが、振返ってその人々にその人々の主観の有無をさぐらせたい。早い話が、私が同じ態度で茲《ここ》に女を歌えば決してこの非難は起りはせぬ。山を歌えば大した理由のもとにそれが起る。要は流行の証明にすぎないのである。

（三巻「牧水歌話　感想断片」より）

生命の欲求力

うまいの拙《つたな》いのとはいうものの要するに真実の歌の出来る第一の要素はその作者が自ら営む生活に対して如何に熱心であるか忠実であるかに係《かかわ》っている様である。自分の生命を追求し、欲求する力が強ければ強いだけ、性質や器用不器用の差によって表われる形や色彩には種々あろうが、根本に於《おい》て動かす事の出来ぬ強みをその人の歌は持っておる。つまり、自分の生命、自己の生きているという事に常によく目をとめている人、なおそこから進んで自分みずから自分の生を営んで行こうとする人、それらの人たちから僅《わず》かに真実の歌が生まれて来る様に思う。これには意識してそうやって行く人と無意識の裡《うち》に自然にそうなっている人との両様がある様である。例えば万葉集時代の作者はその後者に属し、我等現代人の多くはどうしても前者に属しがちの様である。即ち意識して自己の生を営んで行こうとする部類に属する様である。

（七巻「作家捷徑　批評と添刪　歌についての感想」より）

女人の歌

女人の或る種の人は進むとなれば実に速《すみや》かに進む。添刪《てんさん》をしたり批評をしたりするにもこの種の人を相手にするほど張り合いのある事はない。効果がめきめきと眼に見えてゆくからである。

が、そうした人は或る程度まで進むと多くはぴたりと停ってしまう。そして一度停ったとなったら一向もうそれ以上には進まない。即ち押せども突けどもいっかな動かぬ形となるのだ。どうしてであろうかと常に私はその事を考えている。いま我等の仲間には割合に多くの女流作家がある。そしてそのいずれもがいま頻《しき》りに向上の途にある。どうか限りなく限りなく進み進んで、右いう固定状態に陥らぬ様に祈りたいものである。

（七巻「作家捷徑　批評と添刪　歌についての感想」より）

秋

わが小《こ》庭《には》たふれて咲ける鶏頭《けいとう》も散りこぼれたる萩《はぎ》もひさしき

朝な朝な立つ風ありて桐《きり》の葉のそよぎしるけくこのごろ聞ゆ

*うらさむくこころなり来て見てぞ居《を》る庭にくまなき秋の月夜を

月かげにかすかにうごく庭草《にはくさ》のつめたきさまの身には浸《し》みぬれ

*いつしかに月のひかりのさしてをる端居《はしゐ》さびしきわが姿かも

つづきあふ畑《はた》にとりどり日のさしていまぞ静けき秋みのりどき

とびたちし一羽のすずめ風さわぐ黍《きび》のたり穂のうへをゆくあはれ

はらはらと陸稲畑《をかぼばたけ》をまひたちし雀はくだる青葱畑《あをねぎばた》に

（八巻「くろ土　大正七年」より）

院展と二科

絵画の季節になった。見ずにしまうのも心残りで、忙しい時間を割《さ》いて院展にも二科にも一寸《ちよつと》行って見た。たまらないと思うほど好い作も見当たらなかったが、やはりちょいちょい心を惹かれながら見て廻った。何しろ数が多いので疲れるには疲れるがそこを出て来たあとの心は何という事なしに浄められているのを感ずる。そこが芸術の力だと思う。

画を見ながら折々は歌のことを考えた。平常から「絵具が使えたら……」と思うことの多いだけ、その画の前に立つと思う事が多かった。また、教えらるるところも多かった。

すぐまた文展が開かれる、出来るだけ丁寧に見らるることを諸君にもお勧めする。

（七巻「作家捷徑　批評と添删　歌についての感想」より）

歌の調べ

不純なものはいうまでもなく、稀薄なものやその他、この頃の歌の調子が極めて低くなった。歌に少しも張りが無い。澄みが無い。

一首の初めから終りまで、涼として張っているというところが無い。一句一句ばらばらに挫折しているか、へなへなに萎縮している、若《も》しくは空調子の空洞なものである。松の風が吹き澄んでいる、その澄んだところが無い。

歌い上ぐるという張ったところ、歌い澄ますという澄んだところこれらは即ち昔からいわれている歌の調べである。景樹《かげき》のいわゆる「歌は理《こと》わるものにあらず、調《しら》ぶるものなり」の謂《い》いである。

（七巻「作家捷徑　批評と添刪　歌についての感想」より）

生活の強弱

このしらべの張る張らぬは技巧の不備からも来るが、まことはその作者の生活の強弱に由来する。いわゆる影の薄い人からは影の薄い歌しか出来ない事になるのだ。またここでいう影の薄い人は決して病弱の人を指すのではない。独歩にせよ、子規にせよ、透谷にせよ、啄木にせよ、みな病弱の人であった。そして、何《いず》れもああした張り切った作品を残して行った。私のここで謂《い》うのは、自分の生きている事について何等の考慮執着を持たずして生きて行く人を主として指すのである。自分というもの人生というものに就《つ》いて何の知るところのない人、考うるところの無い人、そうした人たちにとってこの自然が何であろう。人生が何であろう。同時にまた芸術が何であろう。

（七巻「作家捷徑　批評と添删　歌についての感想」より）

元旦

元日の明けやらぬ部屋に燈火《ともし》つけただに坐りゐて心つつまし
元日の明けやらぬ書斎小暗きに独り坐りをれば妻の入り来《き》ぬ
年ひさしくむつみ来りぬ元日の今朝寿詞《よごと》申すわが古妻に
ふと見れば時計とまりをり元日のあかつきにして見れば可笑しき
部屋出でてたち迎ふれば真ひがしの箱根の山ゆ昇る初日子《はつひご》
初日の出待ちつつあふぐ山の端《は》にこはかすかなる有明の月
わが家は松原の蔭松に棲《す》む鴉なき出でてけふは元日
森なかをわが過ぎゆけばまなかひに小鳥まひかはしけふは元日

（十三巻「黑松　昭和二年」より）

二月の雨

家の窓ただひとところあけおきてけふの時雨《しぐれ》にもの読み始《はじ》む
しみじみとけふ降る雨はきさらぎの春のはじめの雨にあらずや
庭《には》くまにこほりつきたる堅雪《かたゆき》に音たてて降るけふの雨かも
塵《ちり》浮きし堅雪のうへに降りしきるけふぬくき雨にみなみ風見ゆ
*竹の葉を椎杉《しひすぎ》の葉をたわたわにうち濡らし降るきさらぎの雨
独居《ひとりゐ》のひるげの飯をくひすぎて雨を見てをる雪のうへの雨を
窓さきの暗くなりたるきさらぎの強降雨《つよぶりあめ》を見てなまけをり
ふらふらと雨のなかさし出《い》でかゆかむさびしきけふのこころのままに

（八巻「くろ土　大正八年」より）

歌話断片

衒《てら》いや、気取りや、小手先や、乃至《ないし》屁理屈をよせ。歌を、指さきに、ペン先に、机の上に、ノートの上に、若《も》しくは俺は物識《ものし》りだとおもう頭の中に在るものと思うな。ただいっしんに自分の心を視《み》よ、心の底を視よ、そこの清さを見よ、深さを見よ、そこにのみ歌は在る。真実の歌は、ただそこにのみ在る。そこからのみ生れる。

要するに、心を絶対に純潔に持て。もしよごれていたらば何はおいても純潔にせよ。その純潔の心を張り、強め、そうしてその心そのままに歌え。何もその場合考えておる事はいらない。

（七巻「作家捷徑　批評と添刪　歌についての感想」より）

歌話断片

極めて正直に、心そのままの姿を歌は現す。謂《い》い得《う》べくば、作者そのままの人間を歌はあらわす。

大きな心からは大きな歌が小さな心からは小さな歌が、静かな心からは静かな歌が、とり乱した心からは取乱した歌が、何もわからない心からは何も解らない歌が（歌でない歌が）偉人からは偉《おお》きな歌が、へなちょこからはへなちょこな歌が、実に可笑《おか》しいくらい正直に出て来る。

歌は自分の鏡だ、と私はかつて本誌に書いた。近来ますますその感を持つ。作った歌を見て、自身をかえり見よ、そこにおん身はどんな感じを持つか。楽しい新しい踊躍《ようやく》か、居耐《いたたま》らぬ慚愧《ざんき》か。その場合おん身は更に自身に対して、歌に対して、どんな処置をとろうとするか。みずから更に新しく生きようとするか、眼を瞑《つむ》って自ら殺すか。

（七巻「作家捷徑　批評と添删　歌についての感想」より）

ひとり言

輝け。

ひややかに輝くと、火のごとく輝くと、そはその人の本然《ほんぜん》に拠《よ》る。

とにかくに輝け。

歌は輝くこころよりのみ生る。

○

寂《さび》は輝《かがやき》の極《きわま》り沈みたるものである。

輝くことなくして、まず寂をねがう、愚《ぐ》及び難し。

○

自己を知れ。

否、修養書のいわゆる「自己を知れ」ではない、根本的に自分の生きていることを痛感せよというのだ。

やがてそこに生命《いのち》のなやみは起る。

詩歌――すべての創作はその悩みから生るる。いい得べくんば、純真無垢《むく》のこころの輝きはそこから発する。（七巻「作家捷徑　批評と添刪　歌についての感想」より）

断片

全身的であれ。

井戸端会議式の不平や、いつの間にか狡猾な習慣の老婆から押売せられていた趣味や興味や、若《も》しくは不良少年式の小手先の冴えや、それらはほとんど作者自身真実自分に関係のあることとか無いことかを危ぶむ程度のものが多いのだ。そこに何のひかりがあろうぞ。ありとすればそは僅《わずか》にガラス玉のひかりである。自己全体を自然の前に神の前に投げ出して初めてそこに純真無垢の自然の光が宿る。謂《い》わば、その光の発する時、われみずからが神であり、自然の表象であるのだ。

その光をすなわちわれらはわれらが歌に点《とも》す。

〇

われみずからの小さき智慧《ちえ》にたよるな。

おのれを空《むな》しゅうしてただ神の前に立て。

（七巻「作家捷徑　批評と添刪　歌についての感想」より）

歌話断片

作歌に苦心する、また、苦心せよ、ということをよく聞く。苦心は必要である。佳《よ》き歌を作らんがためにいやが上に苦心することは誠に必要である。が、苦心すればするだけ拙《まず》い歌を作り上げる様では為様《しよう》がない。苦心する、苦心するというその事を以《もっ》て直ちに作歌道の妙諦《みょうてい》であるが如くに心得、更にこれを他に吹聴《ふいちょう》するが如きは飛んだ事だと思う。噛みつく様な、いわゆる苦心する心持を以て対するよりまず極めてのんびりした自然の心持を以て対する事を私は望む。歌を恐るるより歌に親しめ、と思う。

歌、と聞いて五体を固むる結果が、次第に血の気の無い、無機物の様な歌を製出するもとになるのではないか。

（七巻「作家捷徑　批評と添刪　歌についての感想」より）

歌話断片

木草の芽に降る春の雨の様な心持で、私は歌をうたいたい。その場合、木草は自分の心である。

歌は心から出るという。誠に心よりほかに歌のいずるところは無い。心から出ると共に、同時にまた心を養い育つる様な心持で次第に私は歌をうたって行きたいものである。

自由で、長閑《のどか》で、慈愛に満ちた歌、私はそれを歌いたい。

○

初めから解剖台に載る心持で生れて来なかったと同じく、初めから解剖台に載する気持で私は自分の歌をも作らない。

この骨が某博士の所謂《いわゆる》何とかで、この筋が何の何だ、成程《なるほど》これは結構な組織で御座ると、冷え切った屍体《したい》をさんざんに切り刻まれてほめられるより、何はともあれ飛んだり、跳ねたりする歌を作りたい。

（七巻「作家捷徑　批評と添刪　歌についての感想」より）

歌話断片

万葉集の自由、闊達《かったつ》、雄渾《ゆうこん》は何処から来たか。彼等もなお歌はこうした歴史ある形式だからとか何とかいいながら、右顧左眄《うこさべん》、苦心苦労して一首一首をこね上げたか。

○

我等は幸《さいわい》に歌という芸術創作上、手頃の愛すべき形式あることを知り得た。それでもう沢山だ。この形式をまったく自分のものとして自由にとり扱えばいいのである。授けられたる形式だと思わず、自分で発見したものだと思えばいいのである。

○

万葉集を読むには、作歌上の辞典とせず、手本とせず、経典とせず、この頃の流行物とせず、また自己吹聴の具とすることなしに、ただ雑誌の小説か何かを読むつもりで読むがいい。言葉がむつかしいだけで、最も我等に親しい事が歌われてあるのである。恐るるな、親しめ。これを恐しいものにするのは、ただそうした学者たちだけの為事《しごと》である。（七巻「作家捷徑　批評と添删　歌についての感想」より）

歌話断片

秋田の旅の帰り、信州の松本に泊った第二日目の夜に、土地の歌を作る女の人たちが三四人、宿に訪ねて来て何か話をして呉《く》れという事であった。その時は夕方の酒の後で、私は大へん酔っていた。言った事も無論酔っての上の言葉だが、中にこういう一句があったのを不思議に覚えている。「歌をば自分の鏡だと思いなさい」というのである。

対手《あいて》が女の人であったために咄嗟《とっさ》の思いつきでこういったのだろうとも思うが、まことに歌ほどその作者の面目をよく写すものはないようである。その人うまれつきの性格から、歌われたその場の態度まで不思議なくらい微妙に一首の上に表われて来る。自分というもの、生命というもの、人間というものに対する理解の程度、それに対する態度如何《いかん》まで表われて来るようである。

歌を単に鏡だ、としてそれに対して心を動かしているのも可《よ》い。更にその鏡面から静かに奥に入って行く心がけがあったらなおいいだろうと思う。

（七巻「作家捷徑　批評と添刪　歌についての感想」より）

歌話断片

私の旧友で、ホトトギス派ではかなりの地位に居る或る俳人がある。今はどうだか知らないが七八年前同じ牛込区内に下宿して繁《しげ》く往来していた頃、その友は下宿屋の自分の一室をいつも綺麗に片付けて、机の上に一本の線香を立てて、その前に端座《たんざ》して句作に耽っているのをよく見かけた。当時の私は、そんな馬鹿なことをして生きた句が出来るものかと罵《ののし》っていたものであったが、しかし、騒々しい下宿屋などではそうして心を静めるのも一つの手段であったかも知れぬ。なお単に手段とすることなく、そうした一縷《いちる》の香の煙に全く自分の心を託するような三昧境《ざんまいきょう》まで入り得て、更にそれに対して思いを凝《こら》すようなことが出来たら一層いいだろうと思う。強《あなが》ちに線香を要するまでもなく、心を澄ませば直ちにそこに縷々《るる》として立ち昇る自分の心、自分の生命を感ずる様な境地にまで進めばなおありがたいことではないか。

（七巻「作家捷徑　批評と添刪　歌についての感想」より）

歌話断片

歌を作ろうとする人が他の人の作った歌を読む時にかかりやすい最も悪い癖は、読み進みながらその歌の趣向やまたは言葉に感心する個所《かしょ》があればそれを直ちに自分の作の上に持って来ようとすることである。これは強《あなが》ちに模倣とまでは行かずとも、最も卑近浅薄《ひきんせんぱく》なる功利的読書法である。こういうことをしては読んでも読んだ甲斐なく、作っても作った甲斐が無い。僅《わず》か眼の前に見える、この句がいいとか趣向がどうだとかいって直ちにそれを自作の上に持って来ようなどとする読みかたでは到底その作物の本当の味など解る筈がない。それより、静かにそれを読み終えてその歌の根本の価値特色を知悉《ちしつ》し置き、他日《たじつ》自作をなす時の参考に供するがよいではないか。

（九巻「短歌作法　上篇」より）

歌話断片

（前略）月々三十首の詠草《えいそう》を送る人のうち、六七首を誌上に抜かるるのはまず成績のいい方である。その六七首さえ何の躊躇なしに採り得るというのは多くないのだ。考えて来ると心が寒くなる。人間は眼の覚める事が肝心である。おのずから自分の身に出来ていた一種の惰性や習慣や因循《いんじゅん》やからフッと眼を転ずると、今まで自分の知らなかった新しい世界のあることを知るものである。生命の進歩はそこから生ずる。フッと眼を転ずるというのも袖手空《しゅうしゅむな》しくその折を待っていては駄目だ。絶えずその用意期待を自分の心に蔵《おさ》めていなくてはその機は来ない。この新春を期し、深くこの心がけを養いたいものと思う。

（七巻「作家捷徑　批評と添刪　歌についての感想」より）

歌話断片

気を変える、心を新しくする、ということは作歌の上には大切なことである。机に向って考え倦《うん》じた際など、ぶらりと戸外に出て冷たい風に吹かれると先刻《さつき》頭の痛くなるほど考え込んだ時にはどうしても出来なかった微妙な歌がほとんど無意識に心に浮ぶ事などあるものである。何か用事のある時など急いで路を歩きながら、あとからあとからと歌の出来ることもある。で、歌ごころのある人は一寸《ちよつと》出るにも手帳と鉛筆とをば離さないがよろしい。ひょっと心に浮んですぐ消えてゆくような歌に、なかなか棄て難い佳作が混っているものである。

（九巻「短歌作法　上篇」より）

歌話断片

歌はその歌われた材料や趣向よりその言葉その調子が常に主なものであるが故に、ひょっと心に浮んで消えるという歌などをばその出来た時々に何かに書き記して置かないと初め自然に心から漏れて来た微妙な調子をば直ぐ逸《いっ》してしまいがちのものである。こうこういう趣向の歌ではあったがとその歌の筋をばあらまし覚えていてもそれは多くは役に立たない、筋だけでは最初心に浮んだ時の微妙な心持がなかなか出ない。その心持というものは大抵言葉や調子の上に含まれているからである。散歩に限らず、夜床に就いてから思いがけず歌の出来ることなどある。そんな時には直ぐ起き上って紙筆《しひつ》を用意すべきである。明朝起きてから、などと考えていては大抵失敗する。

（九巻「短歌作法　上篇」より）

歌話断片

初心の人は何でも仰山《ぎょうさん》に歌わなくてはならぬものと考えている傾きがある。これは「歌!」というと直ぐ固くなるのとほぼ同じで、景色の歌を詠むとすればそれがどうしても余程秀れた絶景佳景でなくてはならぬように思い込む癖である。これも大変に間違っている。前にもいったように歌に詠むに材料は問題ではなく、常に作者の心が問題であるのだ。作者の心がよく澄んで、よく張って居れば——充分に感動が発して居ればよいのである。だから感動もなくて強いて拵《こしら》えた富士山の歌より充分な感動を以て詠んだ名もない丘の方がよい歌になるのである。

(九巻「短歌作法　上篇」より)

歌話断片

歌は「私はいまこうこう感じた」という風に自分の感じたことを単に描写し説明するのではものにならぬ。感じた感じ、若《も》しくは思ったおもいそのままを表わさねばならぬ。自分の感じた感じそのままをそっと持って行って、言葉の上に触れしめ、そしてその感じそのままが言葉の上に或る調子を帯びて再現する、いや、言葉そのものを自分の感じた感じと同化せしめてしまう。それでなくてはならぬ。つまり言葉が自分となり、自分の神経となり、自分の心となって動かねばならぬ。言葉の上に自分を見、自分の心の動きを見ねばならぬのである。

（九巻「短歌作法　上篇」より）

歌話断片

それを考え違いをしてただ徒《いたずら》に綺麗な言葉、歌らしい言葉を選んで一首を飾ればば推敲の目的が達せられたように思っている風習が無いではない。それでは却《かえ》って改悪にこそなれ、寸毫《すんごう》も歌を佳《よ》くする目的には添《そ》わぬ。感じそのままの言葉、少なくともそれに最も近い言葉、近い調子、それを選んで当て塡《は》めることにせねばいけない。推敲とは充分に現れていない「感じ」や「思い」の光を、それを掩《おお》って居る不純なもの（即ち不純の言葉や調子）を取り除いて充分に光り輝かせることである。徒に綺麗な（と思われる）言葉や調子でその表れかけている光を塗り隠すことでは決してない。

（九巻「短歌作法　上篇」より）

歌話断片

また、その反対に感興の作の中には開いた口がふさがらぬくらい馬鹿々々しい作も混っているものである。縦横自在、天馬《てんま》空を行くの気持で作る時には作っているので、その時にはそんなことは解らないし、考えてもいられない。で、感興が萌《さ》したらそんな事をば念頭に置かず、出来るだけ作るがよろしい。作れるだけ作って、それをばそのまま暫《しば》く棄てておくのだ。その時は実際佳《よ》いか悪いかが解らない。謂《い》わばすべてがよく見える。而《しか》して一晩か、或は二三日も経ってから静かにそれを取り出して見るがよい。――楽しみでもあり恐ろしくもあるものだ――驚くべく佳いのも、呆れるべく拙いのも、その時には明瞭に解る。その時、慎重にそれらを色別すべきである。

（九巻「短歌作法　上篇」より）

歌話断片

歌を詠むのは「自分」を知りたいからである。

歌を詠むのは「自分の霊魂」に触れたいからである。

痛いばかりに相触《あいふ》れて、はっきりと「自分」というものを摑みたいからである。

歌を詠むのは「自分」と親しみたいからである。唯一無二の「自分」というものが兎《と》に角《かく》にこの世の中に在る。その自分と共に何の隙間も無く、それこそ水も漏らさぬように相擁《あいよう》して生きて行く、凡《およ》そ世に楽しみは多かろうがこれにまさる楽しみは無かろうと思う、これに越す確固《しっかり》した楽しみは無かろうと思う。

歌を詠むは誠にその楽しみのためである。

（九巻「短歌作法　下篇」より）

貧しき庭

たけ高くわれ越ゆべしとおもひゐし鶏頭は尺に足らで花咲けり
蜘蛛*の巣のしじにからみて朝な朝な露ばかりなりわれのダリアは
小鉢より庭にうつせし糸萩《いとはぎ》の伸びいそぎつつ今は花咲けり
庭せまく小草《をぐさ》茂りつとりわけて露しとどなる糸萩の花
このしばしこころ休まするてだてとて草に水やることとおぼえたり
しののめの霧晴れぬ間に起きいでて庭に花見ること覚えたり
酒のみの主人《あるじ》とおもへ庭の隅に植ゑられし草は胡椒《こせう》青蓼《あをたで》
わが庭の紫苑《しをん》ダリヤの花かげに夕晴れぬればうごく風みゆ

（六巻「溪谷集　秋の曇冬の晴」より）

歌話断片

歌は自分のものである、この心を飽くまでも徹底的に心に浸み込ませよ。そして自ら独り楽しむ心を以て作れ。これは「歌は他《ひと》に見すべきもの」という風になって来ている、永い間の因習から遠ざかる良法である。しかしいくら自分一人の歌だから、といってそこに猜疑《さいぎ》的な、盲目蛇的《へびてき》な、狷介《けんかい》を極めたさまざまの小さな心で蹲踞《うずくま》るのはもとよりよくない。歌にはおのずからにして歌の道がある、「歌の大道」がある、上下二千年を通じて流れて来ている不尽《ふじん》の流《ながれ》がある。「自分一人の歌」も自らにその流に合するものであらねばならぬ。憂うる必要はない、「歌」というものが解りさえすれば、解って作ってさえ居れば行こうとせずとも自然にその大流の中へ出ているのであるのだ。謂《い》い得《う》べくんばその「自分一人の歌」がやがてその歌の大道の開墾をなし先達をなすものであるかも知れぬのだ。

（九巻「短歌作法　下篇」より）

歌話断片

実感の色わけ、即ち諸種の出来事に伴って起る感覚感情の差は、敢《あ》えて深く問うに及ばないと私はおもう。ただ、それに対する作者の態度、それを取扱う作者の気持からそこに大きな差異を生じて来るのだ。今少し深く詮《せん》ずれば作者の本質のよしあしということにも及ぶべきであるが、それは一般に対していわるべきで、単に実感の上に限られた事ではない。

言葉を換えて概略的にいえば、すべての実感を出来るだけ厳粛に取扱えというにある。かりそめにもふざけたり、ぼんやりしたりしてそれに対すべきではない。また、同じ感動にも浅いと深いとある。深めらるべきものあらば出来るだけ深めて行って、然《しか》る後歌に盛るべきである。浅い感動からはやはり浅薄な歌しか出来ないものである。

（九巻「短歌作法　下篇」より）

歌話断片

初めから感動のないものならば、これは話にならぬ。多少ともその材料に対して感動を起したものにしてやはり単に材料だけしか歌の上に出ていないとするならば——即ち説明なり報告なりに留っているならばそれは感動が弱いからである。是非強める必要がある。強めるには前にいった様にその材料なり感動なりを凝視し内省するも必要である。そうしながら次第に感動の統一を計るも必要である。而《しか》して常に自己を一段の高所に置いて材料を瞰下《かんか》すべきである。決して材料を真中に置きその前後左右を右往左往すべきでない。右往左往することはとりも直さず材料の影のみを大きくして自己の姿を小さくし消滅さするものとなるのであるからだ。そうするか若しくは目を瞑《と》じてその詠もうとする材料の中に心を遊ばせ、心と材料としっくり融和するのを待って詠み出ずるかである。

（九巻「短歌作法　下篇」より）

歌話断片

しかし、現代の我等の生活に於て全然理智の影を絶った感動があるかないかということは一考せねばならぬ問題である。それと共に全然理智を排斥してのみ歌が作らるるか否かは、私自身今なお考えねばならぬことに属しておる。ここにはただ歌の出立点が「長息《なげき》」に在ったということを告げて諸君の作歌動機に一種の暗示を与うるに留めておく。その「なげき」の本質が全部感情感動より成ると見るべきか、また多少理智を含むものであると認むるかの心理問題はこれを他日に遺しておくことにする。それにしても理智のために感動を殺すとか弱めるとかいうことは全く避けねばならぬ。理智を働かせて感動を洗練し清浄にし上辷《うわすべ》りのせぬ、底力のある、真実の感動にしようとこそすべきである。

（九巻「短歌作法　下篇」より）

自歌自釈

自歌自釈

田尻なる雑木が原の山ざくら一もと白く散りゐたりけり

水を浅く湛えたままだ鋤《す》かれずにある田の端に続いて雑木の原がある。その小さな雑木林の中に一本の山ざくらが立ち混り、いま白々と四辺に散り敷いて――櫟《くぬぎ》の枝にも笹の葉にも、または浅い田の畔《あぜ》の水のうえにも――いたというのである。

私はこの一首に対して常に小さいけれど清らかな、温雅な心地を覚えしめらるる。

棕梠《しゆろ》の葉の菜の花の麦《むぎ》のゆれ光り揺れひかり永きひと日なりけり

うららかな光は棕梠の葉に、菜の花に、麦の穂に、眼前のあらゆるものに宿って、あるか無きかの風と共に静かに揺れ輝いている、そのほかには何の事も無い、この永い春の日にという一首。（七巻「單行本未収録文　自歌自釋」より）

自歌自釈

春の日のぬくみ悲しもひたすらに浅瀬に立ちて鮎釣り居れば

無心になって鮎を釣って居る。まだ冷たい春の浅瀬の水は断えず清らかなひびきを立てて自分の脛《すね》を洗って流れている。晴れた天からは酒の様な日光が降りそそいで、その釣竿を持った全身を包んで居る。

葉を食《は》めば馬も酔ふてふ春日野の馬酔木《あしび》が原の春過ぎにけり

奈良の春日公園で詠んだものである。あそこには鹿が沢山居る。鹿は好んで木の芽の柔いのを喰うために他の木を植えたのではなかなか育たない。そんな事からその葉に毒を持つ馬酔木の木のみがいちめんに植えてある。この木の葉は細かな、黒い様にも見ゆる常磐木《ときわぎ》で春早く白色の花を開く、鈴なりの小さな花である。その花も既に散り終って、ただ一面に青々と茂り渡ったこの馬酔木が原の暮春のながめよ、という一首である。何処となく旅情の動いているのが感ぜられはしないだろうか。

（七巻「單行本未収録文　自歌自釋」より）

自歌自釈

寄り来りうすれて消ゆる水無月《みなづき》の雲たえまなし富士の山辺に

雲の多い六月の頃、浮いては消え消えては浮くそれらの雲がすべて富士を中心にして動いている、といいながら富士山の高さ大きさを讃美したものである。

夜とならばまた来てやどれしののめの峰はなれゆく夏の白雲

オオ、オオ、しきりと雲が峰から離れて、明けそめた朝の空へと昇ってゆく、雲よ雲よ、夜になったらまたしっとりとこの山におりて来いよ、とすがすがしい夏の朝の雲に向って呼びかける心持の歌。

かんがへて飲みはじめたる一合の二合の酒の夏のゆふぐれ

よそうか、飲もうか、そう考えながらにいつか取り出された徳利が一本になり二本になってゆくという場合の夏の夕暮の静かな気持を詠んだものである。

（七巻「單行本未収録文　自歌自釋」より）

自歌自釈

みち汐の今か極みに来にけらし千鳥とびさりて浪《なみ》ただに立つ

満潮も今が頂上になったのであろう、浜いっぱいに寄せて豊かに浪が立っている。今まで渚で鳴いていた千鳥もいつの間にやら見えなくなった、という意。眼前にただ白浪ばかりの見ごとな寂しい景色を歌ったものである。

ゆく水のとまらぬ心持つといへどをりをり濁る貧しさゆゑに

流れてやまぬ真清水《ましみず》の様なすがすがしい心を持っているつもりではあるが、ともするとこうも濁って澱む事がある、この貧しい暮しをしているばっかりに、と自分の貧窮を嘆いた歌。

駿河《するが》なる沼津より見れば富士が嶺《ね》の前に垣なせる愛鷹《あしたか》の山

よく解る歌であり、極めて幼い歌である。その幼いなかにいい難い味《あじわ》いが籠《こ》っていはせぬだろうか。

（七巻「單行本未収録文　自歌自釋」より）

自歌自釈

わが門《かど》ゆ眺むる富士はおほかたは見つくしたれどいよよ飽かぬかも

朝の富士、夕の富士、春の富士、秋の富士、明けても暮れても見馴れた富士ではあるが見れば見るだけ見飽きのせぬ山であるという一首。

愛鷹《あしたか》に朝居る雲のたなびかば晴れむと待てや富士の曇りを

朝、愛鷹山からしらじらと雲がたなびきたつと見たならば、御覧なさい、今にきっと富士山も晴れて来ますから、という意。沼津の人など、常に見馴れた景色であろう。

いつしかに月の光のさしてをる端居《はしゐ》さびしきわが姿かも

縁側に膝を組んで、折からの月夜に、何思うともない物思いに耽って居ると、今まで庭先にばかりさしていた月影がいつのまにやら自分の側にも及んで来た、さやかな月の光に照らし出された自分の姿の何というさびしいことであろうぞよ、という意。

（七巻「單行本未収録文　自歌自釋」より）

自歌自釈

筏師《いかだし》の焚きすてていにしうす霜の川原のけぶりむらさきに立つ

朝であった、川原のまろらかな小石には微かにみな霜が降りていた。ふと見るとその川原に焚きさしの火があって、自然に燃え尽きてゆこうとするころの薄紫の煙がかすかに風のない朝空へ立ち昇っている。

そこを詠んだものだが、少し詠みぶりが概括的である様だ。そのためその景色だけはいかにもきれいらしく眼にうつるが、その煙の立ち上っている生きた感じはこの歌に抜けているように思う。

石越ゆる水のまろみをながめつつこころかなしも秋の渓間に

清らかな水が澄み切って流れている。そのながれの中に一つの石があった。その石は水のなかに浸っていて、おもてには露《あらわ》れていない。その石の上を越ゆる時水はややまろみを帯びたうねりを作って音もなく静かに流れてゆく。一つのまろみは一つのまろみを追うてつぎつぎと流れてゆく。そのまろみを帯びたあたり、水はいよいよ清く、いよいよ軟《やわら》かに、そしていよいよ冷たげに見えていた。

（七巻「單行本未収録文　自歌自釋」より）

自歌自釈

いかめしき白塗の鐵《てつ》の橋ゆけば秋渓《しゅうけい》の水のせせらぐ聞ゆ

かなりの坂道を降りてゆくと思いもかけぬ白塗の鐵橋が木深いなかにかかっていた。意外な思いをしながらその小さな鐵橋を渡りかけると、その下には浅い流れが遠く続いて、冴え冴えした水のひびきがそこらに満ちていた。

片山を伐《か》りそぎし杉の高山は秋日の晴にくきやかに見ゆ

鋭く聳《そび》えた山の片側の杉はきれいに伐り払われていた。伐られた処だけ明るく日光を受け、その周囲はこんもりとした杉の木立である。空と山と伐られた跡と茂った木立と、それらの区画が実に明瞭《はっきり》しているのを歌おうとしたものだったが、思うように出ていない。

長雨のあとの秋日をいそがしみひとの来ぬちふ渓の奥の温泉《いでゆ》

静けさを歌ったものである。宿屋の者の言った言葉の裡《うち》に妙にそうした静かな心持を感じたので、即興的にそれを歌おうとしたのであった。

（七巻「單行本未収録文　自歌自釋」より）

自歌自釈

かぐはしき町の少女《をとめ》の来てをりてかなしきろかも渓《たに》の温泉《いでゆ》は

杉の深い渓間《たにま》の小さな温泉場へリウマチを患っている祖父さんについて一人の綺麗な少女が来ていた。寂びた、色の失せた周囲にこの少女のみくっきりと浮き出ているように見えた。ぼんやりしながら湯の匂いのする疲れた身体を宿屋の古びた窓にもたせている時など、不図《ふと》この少女が眼に触れると、久しく忘れていた浮世のかなしみ、人の生《よ》のかなしみにそことなく心の痛むのを感じたものであった。歌はまた即興風の軽い一首、かろいままにそうした哀愁が出て居れば満足である。

夜《よ》べの時雨いまはあがると杉むらの山はら這へる朝の霧雲

静かな眺めであった。歌がそれに適《かな》っていてくれれば難有《ありがた》い。

夜の雨のあとの淵瀬《ふちせ》に魚寄ると霧《きら》ふ渓間に釣れる児等《こら》見ゆ

山も渓もみなまだ濡れていた。釣っている児どもたちの着物もまだ濡れているごとくに見えた。

（七巻「單行本未収録文　自歌自釋」より）

自歌自釈

うらら日のひなたの岩に片よりてながるる淵に魚あそぶ見ゆ

骨ばった岩の面《おもて》には日がほがらかに射していた。水にも青みを投げて射して居る。渓はそこに来ると急に狭くなってひたひたと岩により添うようにして流れていた。それだけ深くもなって居る。こういう所には必ず魚の多いものだがと窺くともなく窺き込むと果たしてその岩の蔭に無数の魚が泳いでいた。水の底までも射し込んだ日光はその小さな魚の動くのにすら光と影とを宿していた。

うららけき冬野の宮の石段の段ごとに咲くりんだうの花

石段には新しい落葉が一杯に溜っていた。その乾反葉《ひそりば》の蔭からうす紫のこの草花が行儀よく並び出て咲いていた。その花のような可愛らしい一首だと思う。

（七巻「單行本未収録文　自歌自釋」より）

牧水短歌

○
大鳥《おほとり》の空をゆくごとさやりなき恋するひとも斯くや嘆かむ
男といふ世に大いなるおごそかのほこりに如《し》かむかなしみありや
ほのかにもおもひは痛しうす青の一月《むつき》のそらに梅つぼみ来《き》ぬ
うきことの限りも知らずふりつもるこのわかき日をいざや歌はむ
清ければ若くしあればわがこゝろそらへ去《い》なむとけふもかなしむ
ゆめのごとくありのすさびの恋もしきよりどころなくさびしかりしゆゑ
枯れしのち最もあはれ深かるは何花《なにはな》ならむなつかしきかな
男なれば歳《とし》二十五のわかければあるほどのうれひみな来よとおもふ
（一巻「濁り歌へる　下の巻」より）

安房の海

武蔵野の岡の木の間に見なれつる富士の白きをけふ海に見る
*病院の玻璃戸《はりと》に倚《よ》れば海こえておぼろ夜伊豆山焼くる見ゆ
まつ風の明るき声のなかにして女をおもひ青海を見る
朝起きて煙草しづかにくゆらせるしばしがほどはなにも思はず
日は日なりわがさびしさはわがのなり白昼《まひる》なぎさの砂山に立つ
きさらぎや海にうかびてけむりふく寂しき島のうす霞みせり
火の山にのぼるけむりにむかひゐてけふもさびしきひねもすなりき
大島の山のけむりのいつもいつもたえずさびしきわがこゝろかな

(一巻「濁り歌へる　下の巻」より)

植物園

足袋《たび》ぬぎてわか草《くさ》ふめばあぢきなやなにに媚《こ》びむとするこころぞも
木《き》木《ぎ》はみなそびえて空に芽をぞ吹くかなしみて居《を》れば踏む草もなし
折しもあれ春のゆふ日の沈むとき樅《もみ》の木立のなかに居りにき
あるとなきうすきみどりの木《こ》の芽《め》さへわが悲しみとなるも君ゆゑ
やるせなきおもひの歌となりもせで植物園に暮るる春の日
地《つち》に寝てふと見まはせば春の木のさびしくも芽をふけるものかな
身にちかき木の根木の根をながめやりつめたき春の地《ち》にまろび居り
立ち出でつとほく離れて見るときのかの樫《かし》の樹《き》の春はさびしき

(三巻「死か藝術か　落葉と自殺」より)

はらはらに桜みだれて散り散れり見ゐつつ何のおもひ湧かぬ日
蛙鳴く耳をたつればみんなみにいなまた西に雲白き昼
朝地震《なゐ》す空はかすかに嵐して一山《いちざん》白き山ざくらかな
春の夜や誰ぞまだ寝《いね》ぬ厨《くりや》なる甕《かめ》に水さす音《ね》のしめやかに
母恋しかかる夕べのふるさとの桜咲くらむ山の姿よ
春は来ぬ老いにし父の御《み》ひとみに白ううつらむ山ざくら花
父母よ神にも似たるこしかたに思ひ出ありや山ざくら花
人どよむ春の街ゆきふとおもふふるさとの海の鷗鳴く声

（一巻「海の聲」より）

○

あさなあさな午前は曇るならひとて今日《けふ》も悲しく海をおもへり

明日ゆかむ海思ひをればゆきずりの街の少女《をとめ》もかなしみとなる

海縁《うなべり》の五月の雲もわが汽船《ふね》の濡れしへさきもうらがなしけれ

わが渡る五月の海に魚海月《うをくらげ》さびしく群れてさざ波もなし

月の出の巌《いは》の暗きに時をおき浪白《なみしろ》く立ち千鳥啼くなり

わが眠る崎《さき》の港をうす青き油絵具《あぶらゑのぐ》に染めて雨ふる

みな忘れよ崎のみなとのこのひと夜五月の雨がふりそそぐなり

ほろびゆくこの初夏《はつなつ》のあはれさのしばしはとまれ崎の港に

（三巻「死か藝術か　かなしき岬」より）

○

水《み》無《な》月《つき》の崎のみなとの午前九時赤き切手を買ふよ旅びと

切りすてて海に投げ入れよ入日《いりひ》さす岬のはなに古き墓地あり

崎の港の船の問屋《とんや》のこの少女《をとめ》の眼の大きさよそのすずしさよ

鰹《かつを》売《う》ると月夜の海の魚《うを》の如《ごと》人こそさわげ崎の月夜に

さらさらと蒼き月夜の浪ぞ寄る浪うちぎはに積まれし死魚《しぎよ》に

月の夜の湾《いりえ》のすみの砂原に声のみの人の群れて死魚売る

うす青き夏の木《こ》の果《み》を噛むごとくとしの三十路《みそぢ》に入《い》るがうれしき

水無月や木《き》木《ぎ》のみづ葉もくもり日《び》もあをやかにして友の恋しき

（三巻「死か藝術か　かなしき岬」より）

○

夏の部屋、うつとりと絵本かさねたる膝のほとりの朝のなやみよ
なかなかに絵を見ることもこの朝のおちゐぬむねにかなしかりけり
死にゆきしひとのゐがける海の絵の青き絵具に夏のひかれる
夏はいまさかりなるべし、とある日の明けゆくそらのなつかしきかな
肺もいまあはき労《つか》れに蒼《あを》むめりダリアの園の夏の朝の日
とほり雨朝のダリアの園に降り青蛙《あをがへる》などなきいでにけり
夏の樹にひかりのごとく鳥ぞ啼く呼吸《いき》あるものは死ねよとぞ啼く

（三巻「死か藝術か　かなしき岬」より）

山の雪

朝空に黄雲《きぐも》たなびき蜩《ひぐらし》のいそぎて鳴けば夏日《なつび》かなしも
朝霧は空にのぼりてたなびきつ真青《まあを》き狭間《はざま》ひとりこそ行《ゆ》け
少女子《をとめご》がねくたれ帯か朝雲のほそほそとして峰にかかれり
蜩なき杜鵑《ほととぎす》なき夕山《ゆふやま》の木《こ》がくれ行けばそよぐ葉もなし
わがこころ青みゆくかも夕山の木《こ》の間《ま》ひぐらし声断たなくに
岨路《そばみち》のきはまりぬれば赤ら松峰越《をご》しの風にうちなびきつつ
空高み月のほとりのしら鷺《さぎ》のうき雲の影いまだ散らなく
雨待てる信濃の国の四方《よも》の峰のゆふべゆふべを黄雲たなびく

（五巻「砂丘　山の雲」より）

秋近し

峰《みね》のうへに巻き立てる雲のくれなゐの褪《あ》せゆくなべに秋の風吹く
みねの風けふは沢辺《さはべ》に落ちて吹く広葉《ひろは》がくれの葛《くず》の秋花《あきはな》
鶺鴒《いしたたき》しろがねの銭《ぜに》かぞへゆく冷たき声に啼《な》く真昼かな
いしたたきちさきめうとの頬《ほ》を寄せて啼くよ浅瀬の白石《しらいし》のうへに
いしたたきやまずしもなくさびしさにわが日の昼も更《ふ》けにけるかな
いしたたきちちと飛びかひ啼く久し真《ま》白川《しろか》原《はら》の瀬を浅みかも
木々の影はだらに黒き川隈《かはくま》に啼きつつ去らぬ二羽いしたたき
二羽とのみ思ひしものをいしたたきまたも来《き》啼けり昼深みつつ

（五巻「砂丘　山の雲」より）

秋日小情

夕かけて照りもいだせる秋の日にさそはれて家を出でにけるかな

郊外や見まじきものに行き逢ひぬ秋の欅《けやき》を伐りたふし居り

かの欅あはれならずや秋風にい群れて蝉の啼きも入りたる

秋の葉の日に光るかなひそひそと急ぐははやも散りしきりつつ

かなしきは日の光なり秋の樹にしとどに青葉散りしきりつつ

今はとて穴にいそげる秋蟲《あきむし》のつめたきこころ憎みかねつも

すずかけは落葉してあり吹くとしもなき秋風のあさの路傍に

玉に似てこころふとしも静まりぬ路傍のおち葉踏むに耐へむや

（五巻「秋風の歌　秋日小情」より）

夜の歌

村時雨《むらしぐれ》広葉ぬらして過ぎにけり酔はぬわが身に夜はさびしき
ひとり去り二人去りつつ夜の部屋われのみひとり飲めるなりけり
みな去れ冷《つめた》き部屋となして去れ夜の椅子にわれのひとり飲めるに
動かじな動けば心散るものを椅子よダリアよ動かずもあれ
をりをりにものの葉などのちるごとく灯かげにうかび女動けり
酔《ゑ》ひしれて見つむる夜の壁の上に怪鳥あまたとべる画《ゑ》のあり
熟《う》れ熟《う》れて果実《このみ》あやふく散るごとく酔は身うちに破れむとする
ダリアよ灯《ともしび》消さば汝《な》が色も濃きあぶらなし闇となるらむ

（五巻「秋風の歌　夜の歌」より）

○
天《あま》つ日《ひ》の匂ひしづかに身にもしみあはれしばしは眠れこころよ
吹きすぎし風のたえまにほつとりと日の匂ひこそ身によどみたれ
冬なれば散る葉もあらずこの木立稀《まれ》にし来れば涙おつるも
身に燃ゆるは新しき恋あるはまた埋《うも》れゐし夢かにかくにもゆ
こころさへ身さへ落葉のいろもなくさびはてていま燃ゆるこの恋
冬空のあまり乾けば市人《いちびと》もひそかに雪をまつにあらずや
地を踏めど地にいらへなく心のみくくとひびきて人の恋しき
雪積みて今宵はいとどしづけきに夜半にねざめよ人を思はむ
（五巻「秋風の歌　さびしき周圍」より）

○

銘酒白雪を送らむといふたより来る

津《つ》の国の伊《い》丹《たみ》の里ゆはるばると白雪来《しらゆききた》るその酒来る
真《ま》酒《さけ》こは御《み》そらに散らふしら雪のかなしき名負《なお》ひ白雪来る
酒の名のあまたはあれど今はこはこの白雪にます酒はなし
白雪と聞けばかなしも早《はや》もかもその白雪を手に取らましを
手に取らば消《け》なむしら雪はしけやしこの白雪はわがこころ焼く
白雪は白雪はとて待つ苦《くる》しその白雪はいまだにかあらむ
をりからや梅の花さへ咲き垂れて白雪を待つその白雪を

（五巻「朝の歌　春淺し」より）

梅

朝な朝な立ち出でて見る白梅《しらうめ》の老木《おいき》の花の盛り永《なが》きかも
並《な》み立てる椎《しひ》の梢《こずゑ》に風見えて白梅のはないよよ白きかも
梅の花浜浪《はまなみ》近《ちか》み砂風《すなかぜ》の間《ま》なくし吹きて咲くがわびしさ
梅の花さかり久しみ下褪《したあ》せつ雪降り積まばかなしかるらむ
しかすがに梅の花いまは褪せそめぬ昨日も今日も空は晴れつつ
梅の花褪《あ》する傷《いた》みてしら雪の降れよと待つに雨降りにけり
梅の花褪せつつ咲きてきさらぎはゆめのごとくになか過ぎけり

（五巻「朝の歌　春淺し」より）

○

秋田市千秋公園

鶸《ひは》繍眼兒《めじろ》燕《つばめ》　山雀《やまがら》啼きしきり桜はいまだ開かざるなり

曇《くもり》さびしいま七日《なぬか》たたかば咲かむとふ桜木立の蔭を行き行くに

岩代瀬上町より飯坂温泉へ

花ぐもり昼は闌《た》けたれ道芝《みちしば》につゆの残りて飯坂《いひさか》とほし

たわたわに落《おつ》る春田《はるた》のあまり水道辺《みづみちべ》に続き飯坂とほし

行き行けば菜の花ばたけ蝶蝶《てふてふ》の数もまさりて飯坂とほし

友ふたりたけぞ高ければだんまりの杖をうちふり飯坂とほし

菜ばたけのするゐの低山《ひくやま》やますそにそれとは見ゆれ飯坂とほし

（五巻「朝の歌　殘雪行」より）

○

うつらうつら歩み更かせる春の夜の小暗き濠《ほり》におつる水音

江戸川の水《み》かさまさりて春雨のけふも煙れり岸の桜に

*花見むといでては来つれながらふるひかりのなかをゆけばさびしき

うらうらと芝生かぎろひわがひとり坐りて居れば遠き桜見ゆ

天つ日の光さびしも芝生よりふらふらとわれの立ちあがる時

遠見にも咲きこそなびけ酔ひどれてわが行くかぎり桜ならぬなき

*けふもまた風か立つらしひんがしに雲茜さし桜さかりなり

風ひたと落ちし軒端《のきば》のさくら花夕かけて雨の降りいでにけり

（六巻「白梅集　春浅し」より）

窓

さやさやにその音《ね》ながれつ窓ごしに見上ぐれば青葉《あをば》瀧《たき》とそよげり
やはらけき欅《けやき》のわか葉さざなみなし流れて窓にそよぎたるかも
ふつとして眼につけるかも黒塗の一関張《いっかんばり》にうつれる青葉
置かれたる酒杯《コプ》のさけにもこまごまと静けき青葉うつりたるかな
*なみなみと満ちたる酒をながめつつ時惜しみつつ心静まらず
ゆさゆさと揺れ立つ重き葉のひびきうす暗き窓のうちに聞ゆる
ひとしきり風に吹かれてしなえたるあを葉の蔭のひるすぎの窓
青臭き香《か》さへ漏れ来て曇り日の窓辺のわか葉風立つらしも

(六巻「さびしき樹木　窓」より)

渓《たに》をおもふ

疲れはてしこころの底に時ありてさやかにうかぶ渓《たに》のおもかげ
何処《いづく》とはさだかにわかねわがこころさびしき時に渓川《たにがは》の見ゆ
独り居て見まほしきものは山かげの巌《いは》が根《ね》ゆける細渓《ほそたに》の水
巌が根につくばひ居りて聴かまほしおのづからなるその渓の音
五百重山峰《いほへやま》にしら雲立たぬ日もひびきすずしきその渓をおもふ
わが居ればわが居るところ真がなしき音に出でつつ見ゆる渓川
幼き日ふるさとの山に睦《むつ》みたる細渓川《ほそたにがは》の忘られぬかも

（六巻「さびしき樹木　渓をおもふ」より）

古池

古池のめぐりにおふる八《や》重《へ》葎《むぐら》 分けて歩めば日の光さびし
ゆるびたる手足の筋に八重葎しみて痛むとねころびてをり
うつつなく眺めをれれば古池の藻草のかげをゆける魚の子
眼の前の夏のひかりのさびしさよ古池をゆく魚の子の群
ふと仰ぐみそらの雲に真ひるの日てりよどみゐて古池さびし
眼にうつるもののわびしく見入らるるけふの日なれや古池ひかる
藺《ゐ》といふもさびしき草ぞうつつなうわがをる今日の眼の前にして

（六巻「白梅集　夏の歌」より）

山百合

*夏草の茂みが上に伸びいでてゆたかになびく山百合の花
夏山の風のさびしさ百合の花さがしてのぼる前にうしろに
折りとればわれより高き山百合の青葉がくれの大白蕾《おほしろつぼみ》
たわたわに蕾ばかりが垂れゐつつこの山百合の長し真《ま》青《あを》し
山百合の花のひとたばさげ持ちて都へのぼる友に逢はむため

（六巻「白梅集　夏の歌」より）

蓮の花

蓮ひらくしらじら明けに不忍の池にまひ降《お》るる白鷺のむれ
朝露の蓮みるひとの静かなるつかれたる顔をよしとおもへり
雨よべる風なるらしも朝空に雲のみだれて白蓮さけり
黒黒と雨に濡れつつ水鳥のかいつむり啼けり蓮の花のかげに
暴風雨《しけ》すぎし池はあふれて今朝の秋咲きいづる蓮のひともと紅《くれなゐ》
秋立つや池の水錆《みさび》の片よりに白はちすのみ咲きて風吹く
あかあかと朝日さしゐて池の蓮みながら秋の風ならぬなき

（六巻「白梅集　夏の歌」より）

貧しき庭

たけ高くわれ越ゆべしとおもひゐし鶏頭は尺に足らで花咲けり
きのふけふ野分吹けども枝葉のみ茂り暗みてダリヤは咲かず
枝葉のみ黒み茂りて秋づきしわがダリヤ畑《ばた》に蕾は見ゆる
*蜘蛛の巣のしじにからみて朝な朝な露ばかりなり我のダリヤは
小鉢より庭にうつせし糸萩《いとはぎ》の伸びいそぎつつ今は花咲けり
酒のみの主人《あるじ》とおもへ庭の隅に植ゑられし草は胡椒《こせう》青蓼《あをたで》
わが庭の紫苑《しをん》ダリヤの花かげに夕晴れぬればうごく風みゆ
小さければ抜き棄つべしと思ひゐし鶏頭はいよよ色冴えて咲く

（六巻「溪谷集　秋の曇冬の晴」より）

秋暁

朝の月ひくくかかりて練馬野《ねりまの》の大根畑《だいこばたけ》に日は輝けり
刈りあとの水田《みずた》ひかりて影うつるわが朝戸出の静けくもあるか
うごきなきすがたに見えて遠峯に雲こそかかれ秋のしののめ
黄葉《くわうえう》せる櫟《くぬぎ》の木かも刈りあとの水田の畔《くろ》にとほく光るは
*この朝のわきて寒けく遠空にましろに晴れて富士見えにけり
わが頬の凍るおぼえて朝風に吹かれ急げば冬畑《ふゆばた》晴るる
行きずりの眼にこそうつれあかときの櫟《くぬぎ》のもみぢすがれ咲く菊

（六巻「溪谷集　秋の曇冬の晴」より）

冬の夜

とりとめて何おもふとにはあらねども夜半ひとり居るはたのしかりけり

つま子等のねくたれ床を這ひいでてともし掻き上《あぐ》る冬の夜の机

その湯釜この水さしにいつぱいに湛《たた》へて冬の夜を起きてをる

箱の隅の粉炭《こなずみ》つげば何の枯葉かまじりて燃ゆる匂ひするなり

次第次第にほそくなりゆくともしびに夜半をつぎたす石油のながれ

永き夜の夜床いぶせみ起きてをれば蠅も出て来てわがめぐり飛ぶ

長火鉢にひとりつくねんと凭《よ》りこけて永き夜あかずおもふ銭のこと

棚の隅あさりさがして食ひものに鼻うごめかす冬の夜の餓鬼

（六巻「白梅集　冬晴」より）

伊豆の春

一月元旦加藤東籬君と共に駿河沼津なる加納川の川口に宿る。

とほく来て寝ぬるこの宿静けくて夜のふけゆけば川の音《と》きこゆ

向つ岸水際《みぎは》につづく篁《たかむら》のなびき静もる冬のひなたに

一夜《ひとよさ》に山に雪つみわが宿の庭のたかむら朝雨《あさめ》の降る

翌二日汽船にて伊豆土肥へ越ゆ

わが船に驚き立てる鴨の群のまひさだまらずあら浪のうへに

*片空に崩れかかる雪雲のなだれのはしは降りてかあるらし

*なだらかにのびすましたる富士が嶺《ね》の裾野にも今朝しら雪の見ゆ

大浪に傾き走るわが船の窓に見えつつ富士は晴れたり

（六巻「溪谷集　伊豆の春」より）

大雪の後

うす雲の空にのぼれる朝の日に杉のこずゑの雪散りやまず
ところどころ濃き藍《あゐ》見ゆる朝ぞらの雲ふかくして杉の雪散る
軒《のき》かこむ杉の小枝《さえだ》ゆ落ちくだる雪の繁きにこころ澄みたり
*しみじみと地《つち》にしたたる雪どけのあまねき響四方《よも》に起れり
散り散らぬ杉のこずゑのしら雪のあらはに見えて鵯《ひよ》啼きあそぶ
枝わたる鵯鳥《ひよどり》の影葉がくれに見えゐて杉の雪散りやまず
大杉の雪のなだれのしげくして根がたの竹は伏しみだれたり
片蔭の藁屋のけぶりほそぼそとなびける藪のゆきは散りつつ

（八巻「くろ土　大正八年」より）

夢

眼覚《めざ》むれば寝汗しどろにおのが生《よ》のさびしきことをゆめみたるかな
うつつにもゆめにもあれや真寂《まさび》しきくるしき夢をいま見たりけり
おのが生《よ》のこころぼそさをかきあつめひそかに夢は見えて来《き》にけむ
*うつつには思ひもかけぬうとましきわれの姿ぞ夢に見えたる
ゆきつめしはるけきはてのわれの生《よ》の寂しきすがた夢は見するか
ゆきづまり泣くに泣かれぬさびしさのわが生《よ》のはてか夢に見え来る
ひとのいふ五臓《ござう》のつかれ心《しん》の疲労《つかれ》わがみるゆめはよごれはてたれ

（八巻「くろ土　大正八年」より）

甕の椿

夜を深みひくくおろせば電燈は甕《かめ》の椿の葉のかげに照る
大甕にさしすててある玉椿ひとつ咲きひとつ散りなほ咲きつづく
葉がくれのつばきの花はおほかたは下向きて咲けり甕の椿は
大枝を投挿《なげさし》にせる葉をしげみ籠りてぞ咲く甕の椿は
信濃なる諏訪《すは》の湖辺《うみべ》に掘り出でしこの古き甕に椿はふさふ
神つ代の酒の甕にしありけめといふこの甕に椿はふさふ
むきむきに大きく咲ける椿の花甕のつばきは咲きて静けき
夜もいねで筆いそがするうとましさ机の椿大きくは咲く

（八巻「くろ土　大正八年」より）

上州吾妻の渓にて

*朝づく日峰をはなれつわが歩む渓間のあを葉透き耀《かがや》けり

朝づく日さしこもりたる渓の瀬のうづまく見つつこころ静けき

静かなる道をあゆむとうしろ手をくみつつおもふ父が癖なりき

飛沫《しぶき》よりさらに身かろくとびかひて鶺鴒《せきれい》はあそぶ朝の渓間に

*渓あひにさしこもりたる朝の日の蒼みかがやき藤の花咲けり

荒き瀬のうへに垂りつつ風になびく山藤のはなの房長からず

（八巻「くろ土　大正九年」より）

郭公

山の上《へ》の榛名《はるな》の湖《うみ》のみづぎはに女ものあらふ雨に濡れつつ（その一）
みづうみのかなたの原に啼きすます郭公《くわくこう》の声ゆふぐれ聞ゆ
湖際《うみぎは》にゆふべ靄《もや》たち靄のかげに魚のとびつつ郭公きこゆ
みづうみの向《むか》つ岸辺の山かげを移りつつ啼く郭公きこゆ（その二）
みづうみの水のかがやきあまねくて朝たけゆくに郭公聞ゆ
いただきは立木《たちき》とぼしきあら山の岩が根がくり郭公聞ゆ（その三）
吹きあぐる渓間の風の底に居りて啼く郭公のけぶらひ聞ゆ
となりあふ二つの渓に啼きかはしうらさびしかも郭公聞ゆ

（八巻「くろ土　大正八年」より）

霞が浦

明日漕ぐとたのしみて見る沼の面《おも》の闇の深きに行々子《よしきり》の啼く
わが宿の灯かげさしたる沼尻の葭《よし》のしげみに風さわぐなり
沼とざす真闇ゆ蟲《むし》のまひよりてつどふ宿屋の灯に遠くゐる
船つき場油煙《ゆえん》あがりて夏の夜の川蒸汽《かはじようき》待つひとの群見ゆ
をみなたち群れてものあらふ水際に鹿島の宮の鳥居古《ふ》りたり
鹿島《かしま》香取《かとり》宮《みや》の鳥居は湖岸《うみぎし》の水にひたりて隔《へな》り向へり
苫蔭《とまかげ》にひそみつつ見る雨の日の浪逆《なさか》の浦はかき煙《けぶ》らへり
雨けぶる浦をはるけみひとつゆくこれの小舟《をぶね》に寄る浪きこゆ

（八巻「くろ土　大正八年」より）

雑詠

梅雨晴《ばれ》の昼吹く風にしらじらと花粉《くわふん》をこぼす高き草立てり

真昼降るゆふだち雨に見とれつつ窓辺に居れば蚊のしげきかも

投挿《なげさし》の百合のつぼみの数わかずそのひとつひらくこの暁に

植ゑすてし庭のダリヤの伸びはせでくれなゐ深き花つけにけり

暑かりしひと日は暮れて庭草の埃しづもり月見草《つきみさう》咲けり

みじか夜のいつしか更けて此処ひとつあけたる窓に風の寄るなり

夜為事《よしごと》のあとの机に置きて酌《つ》ぐウヰスキイの杯《こぷ》に蚊を入るるなかれ

このペンをはや置きぬべし蜩《かなかな》の鳴きいでていまは曉といふに

（八巻「くろ土　大正八年」より）

九十九里浜

八月末、九十九里なる片貝浜に遊びて二三日を送る、避暑客殆んど去りて新涼漸く起らむとす。

吹く風のしくしく暑し砂畑《すなばた》の黍《きび》たつ畔《くろ》に寄りていこへば（その一）

道ばたの蘆のしげみにこもりゐて啼く行々子《よしきり》を立ちて聞くかも

*はちす田《だ》の花かげにとびし水鳥を鴫《しぎ》とおもふにふたたび飛ばず

とほ見にはさびしかりしか蓮田《はちすだ》をうづめて咲けるくれなゐの花

砂山のかげの入江の花はちすしづけき蔭に鯔《いな》の子のとぶ

海人《あま》が家《いへ》の蚊やりのけぶりなびきたるはちす田の花は静かなるかも

浜つづきすな地《ぢ》の庭にのびいでてくきも真赤き鶏頭の花

（八巻「くろ土　大正八年」より）

雑詠

駿河なる沼津より見れば富士が嶺《ね》の前に垣なせる愛鷹《あしたか》の山

愛鷹の真くろき峯にうづまける天雲の奥に富士はこもりつ

夏おそき空にしづもる富士が嶺に去年《こぞ》の古雪《ふるゆき》ひとところ見ゆ

門《かど》出《い》でて向ふ稲田の千町田《ちまちだ》の垂穂《たりほ》の畔《くろ》に彼岸花咲けり

富士が嶺に雲かかりたりわが門《かど》のまへの稲田に雀とびさわぎ

鶏《とり》にやる蝗《いなご》とるとて出でて来《こ》し稲田はいまはなかば刈られつ

刈りあとの泥田《どろた》に逃げて飛ぶ蝗追ひかねて見ればいよよとびゆく

柿《かき》紅葉《もみぢ》上枝《ほづえ》はいつか散りすぎて百舌鳥《もず》ぞ来て啼くおほかたの日を

（八巻「くろ土　大正九年」より）

雑詠

わが門《かど》のまへをながるる小流《こながれ》に散りうかぶ葉のやうやく繁《しげ》し
散りうかびまたくは濡れぬ桜木のもみぢは流る門のながれに
やや寒《さむ》み火鉢の灰をつくるとて藁火《わらび》たきつつこころは静か
綿雲の四方《よも》を覆ひておぼほしきけふくもり日の庭のもみぢ葉
花を多み真赤に見ゆる門口《かどぐち》の山茶花《さざんくわ》をうとむ朝な朝なに
愛鷹《あしたか》の襞《ひだ》のもみぢのつばらかに見ゆる沼津の秋日和かな
わが門にならぶ桜のうすもみぢ久しと見つれいまは散りたり
消《け》つ降りつさだめなき秋の富士が嶺の高嶺の雪を朝な朝な見る

（八巻「くろ土　大正九年」より）

散歩

＊このあたり道辺《みちべ》におほき蒜《ひる》の花の露のしめりはひねもすにして

葛《くず》の葉のもみでし色のさびはてて露おきわたす道のかたへに

道のはた野菊にまじり露草の散りのこりつつ木瓜《ぼけ》かへり咲けり

下草《したくさ》のすすきしめれる山あひの小松が原に鶲《ひたき》啼くなり

ゆく道の山の根ぞひにたちならぶ冬の日の松に枯れし葉おほし

桑の葉のおち葉新しき畑道《はたみち》のこのあたりしげき鳥の声かな

桑の木の老いて枝張るこずゑより啼きてとびたつ頬白《ほほじろ》の鳥

（八巻「くろ土　大正九年」より）

千本松原

むきむきに枝の伸びつつ先垂りてならび聳《そび》ゆる老松《おいまつ》が群《むれ》

風の音こもりて深き松原の老木《おいき》の松は此処に群れ生《お》ふ

横さまにならびそびゆる直幹《なほみき》の老松が枝は片靡《なび》きせり

立枯《たちがれ》の松もまじらふ松風のふかきに入れば萱《かや》の原ある

*千よろづの松そびえたちいづれみなひたに真直ぐにひたに真青《まさを》き

伸び伸びてななめに空にむかひ立つこの直《なほ》き松はいまだ若き松

張りわたす根あがり松のおほきなる老いぬる松は低く茂れり

松原のしげみゆ見れば松が枝《え》に木《こ》がくり見えてたかき富士が嶺

（八巻「くろ土　大正九年」より）

野火

空に立つ煙のかげに燃え入りて色さびはてし昼の野火かも（その一）
*きさらぎや箱根萱山《かややま》枯れはててさびぬる野辺を焼ける火のみゆ
野火の火の遠見はさびしうちわたす枯田《かれた》のなかの道をゆきつつ
*冴えかへり寒けき今日のうらら日に野火の煙の青みたなびく
うば玉の夜空の闇に油火《あぶらび》のごとき野火見え寒き風吹く（その二）
ちりぢりに燃ゆるはさびし烏羽玉《うばたま》の夜空のやみに見えわたる野火
里人のはなてる野火は遠空《とほぞら》の闇にわびしく燃えひろごれり
幼くて見しふる里の春の野の忘られかねて野火は見るなり

（十巻「山櫻の歌　大正十年」より）

筬《をさ》の音

かすかなる羽蟲《はむし》まひをり窓のさきけぶらふ春の日ざしのなかに

畑中の草のうごける風ありてけふ春の日のうららけきかも

かぎろひの昇りをるみゆ白菜の摘みのこされし庭の畑に

窓下の霜の畑にかぐろひのたつ日をきこゆ隣家《となり》の機《はた》は

藁屋根の軒端《のきば》をぐらき北窓《きたまど》に起りゐて澄《す》めりその筬《をさ》の音《ね》は

わが畑《はた》のさきの藁屋根いぶせきにその家の妻は機織りいそぐ

窓あけて見てをれば畑のま向ひの家に織る機いよいよきこゆ

*畑為《し》事《ごと》いまをすくなみ百姓の妻が織る機ひねもすきこゆ

（十巻「山櫻の歌　大正十年」より）

桜と螻蛄《けら》

夕霽《ゆふあがり》 暮れおそけきけふの春の日の空のしめりに桜咲きたり

雨過ぎししめりのなかにわが庭の桜しばらく散らであるかな

さくら花《ばな》まさかりのころを降りつぎし雨あがる見えて海の鳴るなり

さくら花褪《あ》せ咲けるみゆめづらしくこよひを螻蛄《けら》の鳴ける夕《ゆふべ》に

螻蛄の鳴く声めづらしき春の夜のもののしめりは部屋をこめたり

螻蛄の鳴く戸外《とのも》のしめりおもはるる今宵の灯影《ほかげ》あきらけきかな

ひとところあけおく窓ゆかよひ来て灯《ほ》かげにうごめく春の夜の風

（十巻「山櫻の歌　大正十年」より）

河鹿《かじか》

丸木橋しめりあやふき曙《あけぼの》にわがわたりゆけば河鹿《かじか》なくなり（湯ヶ島にて）
水際《みぎは》なる岩のしめりのまだ深きこの曙を河鹿なくなり
山魚《やまめ》釣ると人身《ひとみ》を臥せて這ひてをる岩の上なる山桜花
渓ばたの湯槽《ゆぶね》にをりて玻璃窓《はりまど》のうるほふみれば朝明くるなり
水上《みなかみ》の狭間《はざま》を深くとざしたる雲はうごかで朝あけむとす
樫の葉ぞしげり垂りたる瀬の音は其処におこりて部屋にかよふなり
渓ばたの樫のかがやきふかみつつわびしき春の昼となりゆく
渓端《たにばた》の浅き木立の椿の花ちりのこりゐて河鹿なくなり

（十巻「山櫻の歌　大正十年」より）

梅雨

生垣に木《こ》がくりみゆる門《かど》さきの田植《たうゑ》の人に雨のふるなり
雨いよよふれば田植《たう》うる人人《ひとびと》の寄りきていこふわが門の木に
さやさやと音立てて来《こ》し雨脚《あまあし》のいま降りかかる窓さきの木に
梅雨ふるや瓶《かめ》に挿せればくれなゐのしみじみ深きダアリヤの花
うす日さす梅雨の晴間に鳴く蟲の澄みぬるこゑは庭に起れり
雨雲の低くわたりて庭さきの草むらあをみ夏蟲ぞ鳴く
一重《ひとへ》咲《ざき》ダリヤの花のくれなゐの澄みぬるかなや梅雨ばれの風に
真白くぞ夏萩《なつはぎ》咲きぬさみだれのいまだ降るべき庭のしめりに

（十巻「山櫻の歌　大正十年」より）

こもりゐ

北南《きたみなみ》あけはなたれしわが離室《はなれ》にひとりこもれば木草《きぐさ》見ゆなり
青みゆく庭の木草《きぐさ》にまなこおきてひたに静かに籠れよとおもふ
めぐらせる大生垣の槇《まき》の葉の伸び清らけしこもりゐてみれば
門口《かどぐち》のふりぬる橋のみじかきをわたりわたらずあそぶ夕暮
こもりゐの家の庭べに咲く花はおほかた紅《あか》し梅雨あがるころを
焚《た》く香《かう》のにほひのかにこもりたる夏《げ》ごもりのわが部屋をよしとす
かきこもり此処に住めれど明日知らぬ家なし人《びと》は家をおもへり

（十巻「山櫻の歌　大正十年」より）

疲労

怠けゐてくるしき時は門《かど》に立ち仰ぎわびしむ富士の高嶺を

怠けつつ心くるしきわが肌の汗吹きからす夏の日の風

門口を出で入る人の足音に心冷えつつ怠けこもれり

心憂《こゝろう》く部屋にこもれば夏の日の光わびしく軒《のき》にかぎろふ

なまけをるわが耳底に浸みとほり鳴く蟬は見ゆ軒ちかき松に

無理強ひに為事《しごと》いそげば門さきの田に鳴く蛙《かはづ》みだれたるかな

蚤のゐて脛《はぎ》をさしさすゐぐるしさ日の暮れぬまともの書きをれば

わが側《そば》に這ひよる蜘蛛を眺めゐてやがて殺しぬ机のかげに

（十巻「山櫻の歌　大正十年」より）

秋近し

何はなくたべむと思ふたべものも秋めくものかこもりてをるに
畑なかの小径《こみち》をゆくとゆくりなく見つつかなしき天《あま》の河《がは》かも
天の河さやけく澄みぬ夜ふけてさしのぼる月のかげはみえつつ
うるほふとおもへる衣《きぬ》の裾《すそ》かけてほこりはあがる月夜のみちに
野《の》末《ずゑ》なる三島の町の揚花火《あげはなび》月夜の空に散りて消ゆなり
園の花つぎつぎに秋に咲きうつるこのごろの日のしづけかりけり
愛鷹《あしたか》の根に湧く雲をあした見つゆふべみつ夏のをはりと思ふ
明け方の山の根にわく真《ま》白雲《しらくも》わびしきかなやとびとびに湧く

（十巻「山櫻の歌　大正十年」より）

大野原の秋

富士が嶺《ね》や裾野に来り仰《あふ》ぐときいよいよ親しき山にぞありける

*富士が嶺に雲は寄れどもあなかしこ見てあるほどにうすらぎてゆく

大わだのうねりに似たる富士が嶺の裾野の岡のうねりおもしろ

穂すすきの原まひわたるつぶら鳥《どり》うづらの鳥《とり》は二つならびとべり

つつましく心なりゐて富士が嶺の裾野にまへるうづら鳥《どり》見つ

富士が嶺の裾野の原のくすり草せんぶりを摘みぬ指いたむまでに

富士が嶺の裾野の原をうづめ咲く松蟲草《まつむしさう》をひと日《ひ》見て来《き》ぬ

なびき寄る雲のすがたのやはらかきけふ富士が嶺の夕まぐれかな

（十巻「山櫻の歌　大正十年」より）

野口の簗《やな》

そのするゑ神通川に落つる飛騨の宮川は鮎を以て聞ゆ、雨そぼ降る中を野口の簗といふに遊びて。

時雨《しぐれ》ふる野口の簗《やな》の小屋にこもり落ちくる鮎を待てばさびしき
たそがれの小《を》暗《ぐら》き闇に時雨降り簗にしらじら落つる鮎おほし
簗の簀《す》の古《ふ》りてあやふしわがあたり鮎しらじらと飛び躍りつつ
かき撓《たわ》み白う光りて流れ落つる浪《なみ》よりとびて跳ぬる鮎これ
おほきなる鯉落ちたりとおらび寄る時雨降る夜の簗のかがり火

（十巻「山櫻の歌　大正十年」より）

小鳥鶲《ひたき》

夙《と》くおきて机によればば木枯《こがらし》の今朝吹きたたず鶲《ひたき》啼くなり
わが庭に来啼《きな》くひたきを知りそめて朝朝待つぞうれしかりける
枯芝に垂りたる梅の銹枝《さびえだ》にひたき啼きゐて冬晴《ふゆばれ》の風
枯落葉ちらばり動く風の日に鶲はひくき枝にのみ啼く
まひうごく庭の落葉の色冴えて風あかるきに鶲なくなり

（十巻「山櫻の歌　大正十年」より）

静かなれ心

年いつしか暮れむとするに驚きて惶しく刷らせたる年賀状の端に書きつけし歌

年ごとに年の過ぎゆくすみやかさ覚えつつ此処に年は迎へつ
寄る年の年ごとにねがふわがねがひ心おちゐて静かなかれし
去年《こぞ》あたり今年にかけていよよわが静かなれとふこころは募る
あさはかのわれの若さの過ぎゆくとたのしみて待つこころ深みを
わが生きて重ねむ年はわかねどもいま迎ふるをねもごろにせむ

（十巻「山櫻の歌　大正十年」より）

梅の歌

借り住まふ邸《やしき》の庭にかぞふれば木《こ》がくれて咲く五本《いつもと》の梅
春はやく咲き出でし花の白梅《しらうめ》の褪せゆくころぞわびしかりける
花のうちにさかり久しき白梅の咲けるすがたのあはれなるかも
老いたるは夙《と》く散りうせつ枝長き若木《わかき》の梅は褪《あ》せながら咲く
ゆくさくさ仰ぎてすぐるわが門《かど》のあせぬる梅をうとみかねたり
庭石の錆《さ》びたる上に枝垂れて咲きぬる梅の花のましろさ

（十巻「山櫻の歌　大正十年」より）

とある酒場にて

停車場に人を送りてかへるさの夜更に寄れる酒場《バア》の三人《みたり》ぞ
いとはだらに鬢《びん》の毛白き老教授ウヰスキイを呼ぶわれも然《し》かせむ
テーブルの上に枝張れる盆栽をかたよせて語る夜ふけの三人
話やがて深山《みやま》の鳥の声に及びわれおもひいでぬくさぐさの鳥を
秋空にとべる尾長の尾長鳥のさびしき姿をおもひいでたり
みちのくに豆蒔鳥《まめまきどり》と呼ぶ鳥の郭公《くわくこう》の声をおもひいでたり

（十巻「山櫻の歌　大正十一年」より）

富士の歌

わが登る天城《あまぎ》の山のうしろなる富士の高きはあふぎ見飽かぬ
たか山にのぼり仰ぎ見《み》高山《たかやま》のたかき知るとふ言《こと》のよろしさ
山川に湧ける霞《かすみ》のたちなづみ敷《し》きたなびけば富士は晴れたり
まがなしき春の霞に富士が嶺の峰なる雪はいよよかがやく
富士が嶺の裾野に立てる低山《ひくやま》の愛鷹山《あしたかやま》は霞みこもらふ
*愛鷹《あしたか》の裾曲《すそみ》の浜のはるけきに寄る浪しろし天城嶺《あまぎね》ゆ見れば
伊豆の国と駿河の国のあひだなる入江のま中《なかこ》漕げる舟見ゆ

（十巻「山櫻の歌　大正十一年」より）

井手《ゐで》の鮎子《あゆご》

*大川を堰《せ》ける野中の井手《ゐで》に入りて泳ぎたはむるる鮎の子の見ゆ
うすらかに道の埃《ほこり》のまひ浮び水皺《みじわ》寄る瀬におよぐ鮎見ゆ
水を掩《おほ》ふ藪《やぶ》いたどりの葉かげなる羽蟲に跳ねる鮎の子の群
うちむれておよぐ鮎子《あゆご》にほどのよき井手の流《ながれ》の瀬のつよみかな
この春の日照《ひでり》をおほみ石垢《いしあか》の深き浅瀬をおよぐ鮎子等《ら》
なめらかになびく川藻《かはも》のひとふさのなびける蔭をゆける鮎の子
なめらけき尾鰭のふりや浅き瀬の石の垢つつく鮎の子がふり
なめらかに日のさす石のかげにゐて尾鰭《をひれ》さやけくおよぐ鮎の子

（十巻「山櫻の歌　大正十一年」より）

大野原の初夏

日をひと日富士をまともに仰ぎ来てこよひを泊る野の中の村

ゆふぐれの山の青みにこもりゐて啼きほほけたるくろつがの鳥

ひそやかにものいひかくるな啼声のくろつがの鳥を聞きて飽かなく

暁《あかつき》をうすら白雲わき出でていよよみどりなる若杉の山

杉山の若き立木《たちき》のくきやかに青みつらなれり山のなぞへに

朝山のみどりが下の道ゆけば露ふりこぼす百鳥《ももどり》のこゑ

草の穂にとまりて啼くよ富士が嶺の裾野の原の夏の雲雀《ひばり》は

（十巻「山櫻の歌　大正十一年」より）

みじか夜

夜ふかくもの書きをれば庭さきに鳴く夏蟲の声のしたしさ
降《お》りたてば庭の小《こ》草《ぐさ》のつゆけきに蛙《かへ》子《るご》のとぶ夏のしののめ
みじか夜の明けやらぬ闇にかがまりてものの苗植うる人のかげ見ゆ
まだ起きぬ人の庭べに露をおびてさやかに咲ける夏草の花
あかつきをいまだともれる電燈の灯《ほ》かげはうつる庭のダリヤに

（十巻「山櫻の歌　大正十一年」より）

友をおもふ歌

知れる人みななつかしくなりきたるこのたまゆらのかなしかりけり

いま来《こ》よと云ひ告げやらば為し難き事をして来む友をしぞおもふ

をち方に離《さか》りゐる友をおもふ時かがやく珠をおもひこそすれ

何事のあるとなけれど逢はざればこころはかわく逢はざらめやも

逢ひてただ微笑《ほほえ》みかはしうなづかば足りむ逢《あひ》なり逢はざらめやも

寂しきに耐へて彼をりさびしきにたへてわれをり逢はざらめやも

あやふかるいのちを持ちておのもおのも生きこらへたり逢はざらめやも

（十巻「山櫻の歌　大正十一年」より）

雑詠

このあたり風のつめたき山蔭に咲きてあざやけきみそ萩の花

秋づけどまだもろ草の青かるをぬき出でて咲けるみそはぎの花

秋を咲く何《なに》百合《ゆり》ならむ山沢の草むらがくれくれなゐに咲く

女郎花《をみなへし》咲きみだれたる野辺のはしに一むら白きをとこへしの花

曼珠沙華《まんじゆしやげ》いろふかきかも入江ゆくこれの小舟の上よりみれば

わが越ゆる岡の道辺のすすきの穂まだわかければ紅《べに》ふふみたり

*粟の穂ぞみだれなびかふ暴風雨《しけ》あとのしめりおびたるあかつきの風に

（十巻「山櫻の歌　大正十一年」より）

紅葉の歌

枯れし葉とおもふもみぢのふくみたるこの紅ゐ《くれな》をなにと申さむ
露霜の解《と》くるが如く天つ日の光をふくみにほふもみぢ葉
ゆくりなく梢はなれてまひうかぶひと葉のもみぢ玉と照りたり
渓川《たにがは》の真白川原《ましろかはら》にわれ等ゐてうちたたへたり山の紅葉を
神無月《かみなづき》まだ散りそめぬもみぢ葉のあまねき山のかなしかりけり
鏡なすけふのこころに照りうつる山辺の紅葉かなしかりけり
もみぢ葉のいま照りにほふ秋山の澄みぬる姿さびしとぞ見し

（十巻「山櫻の歌　大正十一年」より）

上州草津の湯

このいで湯われ等生《らい》かすと病人《やまうど》のつどひ群れたる草津のいで湯
上野《かみつけ》の草津の温泉《いでゆ》いにしへゆ云ひつたへたる草津のいで湯
湧き昇る湯気雲なせる高原《たかはら》の草津のいで湯賑はへるかも
たぎち湧く草津のいで湯おほらかに湧きあふれつつ渓川となる
たぎり湧くいで湯のたぎりしづめむと病人つどひ揉めりその湯を
湯を揉むとうたへる唄は病人がいのちをかけしひとすぢの唄
上野の草津に来《きた》り誰も聞く湯揉《ゆもみ》の唄をきけばかなしも

（十巻「山櫻の歌　大正十一年」より）

命を惜しむ歌

水汲むと井戸よりみれば散りしける庭の落葉に霜の明るさ
蓑《おとろ》ふるいのちとどむと朝朝《あさあさ》をとく起きいでて水浴《あ》ぶるあはれ
身を強めむねがひを持ちてわが浴ぶる水のひびきぞ身にこたふなる
寒《かん》の水に身はこほれども浴び浴ぶるひびきにこたへ力湧き来《きた》る
浴び浴ぶる水身にしみて血のいろのあざやけきおのが肌となりたれ
浴び浴びてわが立ちたれば身体《からだ》よりしたたる水の湯気たつるなり
水はもよ豊かにしあれ浴び浴びてなほゆたゆたに余《あま》らむがほど
明るしとすなはち思ふ寒《かん》の水を浴びはてし時のわれのこころを

（十巻「山櫻の歌　大正十一年」より）

新年述懐

明けてわが四十といへる歳の数をかしきものに思ひなさるれ
ありし日はひとごととのみ思ひゐし四十の歳にいつか来にけり
いつまでも子供めきたるわがこころわが行ひのはづかしきかな
あわただしき歳かさね来ついま迎ふる今年はいかにあらむとすらむ
何やらむ事あるごとき気おくれを年たつごとに覚えそめたる
年ごとにわが重ね来し悔なるを今年はすまじせじと誓へや
事しげき年にありしかなかなかに顧みていま惜しまれぞする

（十三巻「黒松　大正十三年」より）

枯木の枝

この朝の時雨に濡れて帰りこし狩人は二羽の雉子《きじ》を負ひたり（土肥にて）
湯の宿の二階の軒につるされてこはうつくしき雉子の鳥かも
梅見むとわが出でてこし芝山の枯芝のいろ深くもあるかな
咲くべくしなりていまだもさきいでぬ梅の錆枝《さびえだ》にしげし蕾は
枯草の匂いよいよかぐはしききさらぎの野となりにけるかな（香貫山の裏）
枯草の原にひともと立ちほけし枯木の枝の光る春の日
立ちとまり聞けば野の風寒けきにはや春の鳥そここに啼く
坐りたるわが前ちかき枯草の蔭を歩みをり小鳥あをじは

（十三巻「黒松　大正十三年」より）

犬と戯るる歌

朝凪の今朝の浜辺を漕ぎ出づる舟さはにしてかろやかに行く
かろやかに漕ぎゆきし舟のはろかにて今は帆をあげ静かなるかも
居合はせし犬とたはむれて時ひさし其処漕ぎし舟も見えずなりたる
またひとつ寄り来《こ》し犬の見知らぬがたはむれかかるわが手に足に
長浜のながきはてより寄りか来しわがめぐり犬のいつか四《よ》つなる
まひくだる鴉を追ひて飽くとせぬ犬の跫音《あしおと》は浜に乱れつ
宿なしの犬と主《ぬし》ある犬どちのあそびざまおのづむきむきにして
うち捨てておけば犬どち戯れて今は遥けく行きてかへらむ
何処《いずこ》より漕ぎか寄りけむまなかひの入江にならぶ舟のかずかず

（十三巻「黒松　大正十三年」より）

旅中即興の歌

信濃揮毫行脚記より

呼子《よぶこ》鳥《どり》啼くこゑきこゆ楢櫟《ならくぬぎ》 枯葉をのこす春の山辺に
梅桜真さかりなれや千《ち》曲川《くまがは》雪解《ゆきげ》ゆたかに濁る岸辺に
訪ね来て君が二階ゆ眺めやるむかひの峰の松の色濃さ
友どちと打連れ来りとよもして君が二階に遊ぶたのしさ
咲き盛る石楠花《しやくなげ》の花の鉢の影に少女《をとめ》梳《くしけづ》るうつむきながら
少女子《をとめご》の頬を眺めつつ清らけきこの世の命讃へけるかも
善光寺だひらの花のさかりに行きあひぬ折からの雨もただならなくに

（十三巻「黒松　大正十四年」より）

旅中即興の歌

麦の色親しきかもよ穂も茎もひとしなみなる熟麦《うれむぎ》の色
土赤く禿げたる丘の裾のたひらに小学校ありて子等ぞ群れたる
吹き立ちて走る風見ゆ青葉若葉うづまき茂る向ひの山に
立ちまじるとりどりの木に風ぞ見ゆ松は静けき青葉の山に
栃《とち》の木とおもふ若葉ぞうらがへる美しきかなや向つ山の風に
おしなびけ風こそ渡れ栃若葉くぬぎ若葉の見わかぬまでに
屋根の上をさし掩《おほ》ひたる老松の小枝にあそぶいしたたき鳥
この老松に松かさおほし小さくて黒み帯びたる松かさの数

（十三巻「黒松　大正十四年」より）

旅中即興の歌

枯草のあらはに残る荒野原かすかなるかも郭公《くわくこう》の声は

からかさを傾けて聞くや雨さむき枯野のするの郭公の声を

浅間山にそれともわかぬ煙見えてかすかなるかも郭公の声は

長々しくうすみどりの房をたらしたる胡桃《くるみ》の花を初めてわが見つ

清らけきうす色の羽根よ葭《よし》の原ゆ啼きつつとべる行々子《よしきり》見れば

葭の原ゆまひたちきたり落葉松《からまつ》のさみどりの枝に啼けるよしきり

山の湯のそのわかし湯のえんとつのうへまひこえて啼くほととぎす

（十三巻「黑松　大正十四年」より）

夢

故郷に墓をまもりて出でてこぬ母をしぞおもふ夢みて後《のち》に
空家《あきや》めく古きがなかにすわりたる母と逢ひにけりみじかき夢に
鮎焼きて母はおはしきゆめみての後《のち》もうしろでありありと見ゆ
夢ならで逢ひがたき母のおもかげの常におなじき瞳したまふ
父が墓は夢に見るなし白髪《しらかみ》のうつしみびとの母をよく見つ
白き髪ちひさき御顔《みかほ》ゆめのなかの母はうつつに見えたまふかも
母をめぐりてつどふ誰彼《だれかれ》ゆめのなかの故郷人よ寂しくあるかな
名はいまは忘れはてたれ顔のみのふるさとびとぞ夢に見え来る

（十三巻「黒松　大正十四年」より）

手賀沼に遊びて

水あふひ水にうつりてほのかなる花のむらさきは藍に近かり

かろやかに音かきたててわけてゆく真菰《まこも》がなかの舟のちひささ

ばんの鳥かいつむりの鳥の啼声のをりをり聞ゆ舟とめてをれば

山に棲む鳥はおほしとおもひしか沼に来てみれば沼の鳥おほし

さかづきのいと小さきに似てもをれや浮きて咲きたる水草の花

沼のさなか真こものかげに舟をとめて埃は来ずと酌める酒かも

水草の浮葉ひとところに片よりて静けき見れば花咲けるなり

（十三巻「黒松　大正十四年」より）

無題

苗代茱萸《なはしろぐみ》熟れて落つれば秋ぐみの花ほの白く咲きいでにけり
摘みとりてくふぐみ渋ししぶけれどをさなかりし日しのびつつくふ
朝づく日いまだ射さねば葛《くず》の葉におきわたす露は真白なりけり
蚊のひとつ来てぞさすなる長月の汽車の窓べにもの読みをれば
この里よ柿のもみぢのさかりにて富士にはいまだ雪の降らざる（裾野村）

（十三巻「黒松　大正十四年」より）

解説

伊藤一彦

一

若山牧水は愛誦歌の多い歌人だ。時には本人の名前よりも歌の方が知られている。つまり、詠み人知らずの作品になっている。

白鳥《しらとり》は哀《かな》しからずや空の青海のあをにも染まずただよふ
幾山河越えさりゆかば寂しさの終《は》てなむ国ぞ今日《けふ》も旅ゆく

短歌に縁がなくてもこれらの歌を知らない人は少ないだろう。どちらも牧水が二十代初めの作である。二首ともイメージは鮮やかである。青い空と海にうかぶ白鳥、いくつもの山と川を越えてゆく旅人。ただ、地名は出ていない。季節も示されていない。作者の年齢も境涯も不明である。ということは、読者が思い思いのイメージで作品を味わえるということだ。この二首が愛誦歌として広く人口に膾炙《かいしゃ》しているのはそのことが大きい。もちろん、愛誦歌であるためには調べがよいことが絶対条件としてあるが、その点でも五七調のゆったりとして豊かな調べは申し分がない。口ずさんでみればよくわかる。

それでは、若くして歴史に残る名歌を詠んだ若山牧水は、短歌や人間についてどんな考え方をもち、どんな作品をほかに詠んでいるのか。そういう読者の関心に応えるのが本書である。本書は「歌話断片」「自歌自釈」「牧水短歌」の三章から成り立っている。

内容にふれるまえに、牧水の略歴を簡単に紹介しておこう。牧水は明治十八（一八八五）年に宮崎県の今の日向市東郷町に生まれた。県北の延岡中学校を出た後、早稲田大学に進学。そこで北原白秋をはじめ多くの文学仲間と出会った。明治四十三（一九一〇）年には歌誌「創作」を編集すると同時に、歌集『別離』を出版して注目歌人となった。同四十五年には太田喜志子と結婚。大正中期の総合誌「短歌雑誌」の歌人番付では斎藤茂吉とならんで牧水が最高位を占めている。大正九（一九二〇）年には住居を東京から沼津に移し、富士山の見える地で田園生活を楽しみ、昭和三（一九二八）年に四十四歳（数え年）で亡くなった。

牧水の死後、「創作」は喜志子の手によって編集発行された。牧水より三歳下の喜志子は「牧水に付き添う夫人」としていわば影のような存在に見られることが多かったが、故郷の信州は塩尻での少女時代から文才を発揮し、独自の歌風をもった秀でた歌人であり、夫と一心同体で「創作」を支えてきた。したがって「創作」の継承発展は喜志子が当然こころざすところだった。

主宰者のいなくなった歌誌は中心を失い、本来の理念の風化が危ぶまれる。まして、昭和の初めは短歌史の上でも、口語歌・自由律、モダニズム短歌、プロレタリア短歌の運動がおこった激動の時代だった。そこで喜志子が考えたのは、師の牧水の歌論および作品をあらためて読み直すことの必要性だった。彼女はさっそく実行した。昭和七（一九三二）年一月号からほぼ毎号の「創作」に牧水の歌話と短歌を載せることにしたのである。その一月号の編集後記に喜志子は次のように書いている。「今号から扉（目次の裏）に牧水の歌話の抜粋を入れてみることにしました。当分続けてゆくつもりです」。「創作」のバックナンバーを開いて見ると、その連載が続いているのを確かめることができる。

本書には昭和七年一月から同十六年九月までの掲載分が収められている。その牧水の歌話と短歌に目を通してみると、これ以上の牧水入門書はないと思える。喜志子がいかに牧水を深く理解し、そして牧水の歌と生き方から何がいま重要と考えていたか、深々と伝わってくる。牧水の神髄まさにエッセンシャルを教えられる。私も牧水全集は幾度か読んでいるが、牧水を読む新たな視点をあたえられた思いである。さりげない歌話のクローズアップにあらためて全集を幾度も開いた。

本書は三章に構成してある。各章の掲載時期は次の通りである。

・「歌話断片」　昭和七年一月〜昭和十年三月
・「自歌自釈」　昭和十年四月〜昭和十年十二月
・「牧水短歌」　昭和十一年一月〜昭和十六年九月

以下、各章の内容にふれてみたい。

二

まず「歌話断片」である。ときに短歌が季節にあわせて掲げられているものの、通常は短歌について牧水が考えを述べた文章である。凝縮された純度の高い歌論と言っていいだろう。しかし、生前から牧水は「歌話」の語を好んでおり、喜志子も夫に倣《なら》った。牧水の初めての散文の著作は『牧水歌話』（明治四十五年）である。客観風の理論的な歌論よりも、自分自身の生《なま》の心を率直かつ無碍《むげ》に語ることを良しとしたゆえの命名だった。

衒《てら》いや、気取りや、小手先や、乃至《ないし》屁理屈をよせ。歌を、指さきに、ペン先に、机の上に、ノートの上に、若《も》しくは俺は物識《ものし》りだとおもう頭の中に在るものと思うな。ただいっしんに自分の心を視《み》よ、心の底を視よ、そこの清さを見よ、深さを見よ、そこにのみ歌は在る。真実の歌は、ただそこにのみ在る。そこからのみ生れる。（本書P21）

作歌についての牧水の信念である。最初の「衒い」に始まって強い口調で否定するものがつぎつぎに羅列してある。そして、「自分の心を視よ」と。短歌もそうなら、短歌について述べる文章もそうである。歌論より歌話の語がふさわしい。

初めから解剖台に載る心持で生れて来なかったと同じく、初めから解剖台に載する気持で私は自分の歌をも作らない。

この骨が某博士の所謂《いわゆる》何とかで、この筋が何の何だ、成程《なるほど》これは結構な組織で御座ると、冷え切った屍体《したい》をさんざんに切り刻まれてほめられるより、何はともあれ飛んだり、跳ねたりする歌を作りたい。

（本書P26）

歌話ならではの面白い譬《たと》えで、生き生きした歌への願いを語っている。それでは、牧水はそもそも何を目的として短歌を詠んだのか。よく知られた文章を喜志子はきちんと引いて掲載している。

歌を詠むのは「自分」を知りたいからである。
歌を詠むのは「自分の霊魂」に触れたいからである。
痛いばかりに相触《あいふ》れて、はっきりと「自分」というものを摑みたいからである。

歌を詠むのは「自分」と親しみたいからである。唯一無二の「自分」というものが兎《と》に角《かく》この世の中に在る。その自分と共に何の隙間も無く、それこそ水も漏らさぬように相擁《あいよう》して生きて行く、凡《およ》そ世に楽しみは多かろうがこれにまさる楽しみは無かろうと思う、これに越す確固《しっかり》した楽しみは無かろうと思う。

歌を詠むは誠にその楽しみのためである。（本書P38）

カギカッコでくくられ強調された「自分」。それは牧水の第二歌集『独り歌へる』の「自序」の言葉で言えば「我等は忽然として無窮より生れ、忽然として無窮のおくに往つてしまふ、その間の一歩一歩の歩みは実にその時のみの一歩一歩で、一度往いては再びかへらない」ところの「自分」である。『独り歌へる』の「とこしへに解《と》けぬひとつの不可思議の生きてうごくと自《みづか》らをおもふ」の作はまさにそのような「自分」を詠んだものであろう。「自分」は決して各自にとって明瞭な存在ではない。牧水自身、「自序」のなかで具体的に自らについて「二重三重の性格」「真の我とは全然矛盾し反対した種類のもの」があることについての苦悩を語っている。そこに近代人としての苦悩を見てもいいかもしれない。

寂《さび》は輝《かがやき》の極《きわま》り沈みたるものである。
輝くことなくして、まず寂をねがう、愚《ぐ》及び難し。

◯

自己を知れ。

否、修養書のいわゆる「自己を知れ」ではない、根本的に自分の生きていることを痛感せよというのだ。
やがてそこに生命《いのち》のなやみは起る。
詩歌―すべての創作はその悩みから生るる。いい得べくんば、純真無垢《むく》こころの輝きはそこから発する。
（本書P23）

「ひとり言」の題のついている文章から引いた。牧水の胸中の自問自答を記したものであろう。

みずからの作歌体験からの含蓄あるアドバイスも書かれている。いくつか紹介してみよう。まず歌作りの「苦心」について。

苦心は必要である。佳《よ》き歌を作らんがためにいやが上に苦心することは誠に必要である。が、苦心すればするだけ拙《まず》い歌を作り上げる様では為様《しよう》がない。（中略）歌を恐るるより歌に親しめ、と思う。
（本書P25）

続いて「進歩」について。

人間は眼の覚める事が肝心である。おのずから自分の身に出来ていた一種の惰性や習慣や因循《いんじゅん》やからフッと眼を転ずると、今まで自分の知らなかった新しい世界のあることを知るものである。生命の進歩はそこから生ずる。フッと眼を転ずるというのも袖手空《しゅうしゅむな》しくその折を待っていては駄目だ。絶えずその用意期待を自分の心に蔵《おさ》めていなくてはその機は来ない。（本書P31）

さらに「理智」について。

しかし、現代の我等の生活に於て全然理智の影を絶った感動があるかないかということは一考せねばならぬ問題である。（中略）それにしても理智のために感動を殺すとか弱めるとかということは全く避けねばならぬ。理智を働かせて感動を洗練し清浄にし上辷《うわすべ》りのせぬ、底力のある、真実の感動にしようとこそすべきである。（本書P43）

「形式」について。

我等は幸《さいわい》に歌という芸術創作上、手頃の愛すべき形式あることを知り得た。それでもう沢山だ。この形式をまったく自分のものとして自由にとり扱えばいいのである。授けられた形式だと思わず、自分で発見したものだと思えばいいのである。

（本書P27）

伝統ある短歌形式を「自分で発見したものだと思え」とは大胆なもの言いだ。しかし、それは牧水が十代から万葉集を初めとして古典和歌をしっかり学んできているからこそ自信をもって言えているのである。だから、一方では「歌にはおのずからにして歌の道がある、『歌の大道』がある、上下二千年を通じて流れて来ている不尽の流がある。『自分一人の歌』も自らにその流に合するものであらねばならぬ」と言ってはばからないのである。

これらのアドバイスは歌作りのために書かれているのだが、文学論、芸術論、あるいは人生論としても通用するように思える。たとえば「進歩」についてなどそうではあるまいか。

最後に「日本語」について述べている一節から引きたい。

この海洋に浮く島の上に何千年来生息して来た日本人種に、よし幾多の欠点はあろうとも、また棄てがたく好い所のあると同様に、この人種に今日まで用いられて来た日本語に私は少なからぬ愛情と感謝とを持っている。出来るなら私は私の歌にこの日本語の好い所を極度まで結晶させてみたい。使いようによっては（即ち技巧の程度によっては）この言語それ自身が、我等人間同様の感触を帯びるに相違ないと信ずる。何となくすたれ気味になって来た我が日本語よ、私は心から御身の健在を祈る。

（本書P8）

牧水にとって「言語それ自身」が「人間同様の感触を帯びる」ことが理想の短歌だった。それにしても、「我が日本語よ」という呼びかけがいかにも牧水らしい。あらゆる対象にむかって人間に対するように呼びかけるのは牧水のエッセンシャルの一面だった。

「歌話断片」には、季節に合わせた短歌作品が五回掲載されている。「山ざくら」「秋」「元旦」「二月の雨」「貧しき庭」である。大正十一年の「山ざくら」（『山櫻の歌』所収）のなかから三首引いておく。歌話と照らし合わせて読んでみたとき、読者はどんな感想をもたれるだろうか。

うすべにに葉はいちはやく萌えいでて咲かむとすなり山桜花《やまざくらばな》
うらうらと照れる光にけぶりあひて咲きしづもれる山ざくら花
瀬々《せぜ》走《はし》るやまめうぐひのうろくづの美しき春の山ざくら花

三

続いて「自歌自釈」の章である。牧水は先にふれた『牧水歌話』やその後に出版された『和歌講話』等において、自分の歌について述べており、それらの著作からの抜粋である。他の歌人も自歌自釈や自歌自注をおこなっているが、牧水の場合の特色は率直で淡々としていることであろう。一例だけ引いてみよう。

かぐはしき町の少女《をとめ》の来てをりてかなしきろかも渓《たに》の温泉《いでゆ》は

杉の深い渓間《たにま》の小さな温泉場へリウマチを患っている祖父さんについて一人

の綺麗な少女が来ていた。寂びた、色の失せた周囲にこの少女のみくっきりと浮き出ているように見えた。ぼんやりしながら湯の匂いのする疲れた身体を宿屋の古びた窓にもたせている時など、不図《ふと》この少女が眼に触れると、久しく忘れていた浮世のかなしみ、人の生《よ》のかなしみにそことなく心の痛むのを感じたものであった。歌はまた即興風の軽い一首、かろいままにそうした哀愁が出て居れば満足である。（本書Ｐ53）

大正六（一九一七）年の晩秋の秩父の旅のひとこまを詠んだ『渓谷集』の歌についての「自釈」である。最後の一行は「自釈」と言えるが、読者はミニエッセイとして味わえる。「かなしきろかも」の「ろかも」は感動の意味を表す助詞で、『万葉集』の東歌によく見られる。牧水は東国に来てあえてこの語を用いたのではあるまいか。なお、「少女」「温泉」にそれぞれ「をとめ」「いでゆ」の振り仮名がつけられているが、牧水は大和言葉を最も愛し用いた歌人である。歌の上では決して「しょうじょ」や「おんせん」ではなかった。発音したときの音の「感触」の違いが牧水には大切だったのである。

四

「牧水短歌」の章は、六十九篇の作品を載せている。八首の場合が多いが、それより少ない場合もある。喜志子はいずれも歌集における連作の構成をできるだけ尊重して掲載している。タイトルのある作品は牧水自身が付したものである。タイトルのない作品はもともとタイトルがなかったり、いくつかの連作をまとめたりした場合である。収録歌集はさまざまである。喜志子が最も意をこめたのは、月々の季節感のある歌を選ぶことだった。牧水が季節感に鋭く豊かな感性を心と身にそなえていたことはあらためて言うまでもない。幼少期から恵まれた自然体験のなかで季節感を育んだことは「おもひでの記」（『比叡と熊野』所収）に明らかである。それは長野県の塩尻で成長した喜志子も同様だった。読者はこの「牧水短歌」は前から順序よく詠む必要はなく、今の季節と気分に応じてページを開いてもらえばよい。参考までに冒頭の昭和十一年の各月の歌を引いてみようか。

ほのかにもおもひは痛しうす青の一月《むつき》のそらに梅つぼみ来《き》ぬ　一月

きさらぎや海にうかびてけむりふく寂しき島のうす霞みせり　二月
あるとなきうすきみどりの木《こ》の芽《め》さへわが悲しみとなるも君ゆゑ　三月
母恋しかかる夕べのふるさとの桜咲くらむ山の姿よ　四月
みな忘れよ崎のみなとのこのひと夜五月の雨がふりそそぐなり　五月
水無月や木《き》木《ぎ》のみづ葉もくもり日《び》もあをやかにして友の恋しき　六月
夏の樹にひかりのごとく鳥ぞ啼く呼吸《いき》あるものは死ねよとぞ啼く　七月
朝霧は空にのぼりてたなびきつ真青《まあを》き狭間《はざま》ひとりこそ行《ゆ》け　八月
木々の影はだらに黒き川隈《かはくま》に啼きつつ去らぬ二羽いしたたき　九月
郊外や見まじきものに行き逢ひぬ秋の欅《けやき》を伐りたふし居り　十月
ひとり去り二人去りつつ夜の部屋われのみひとり飲めるなりけり　十一月
雪積みて今宵はいとどしづけきに夜半にねざめよ人を思はむ　十二月
（本書P56〜67）

本書の企画は、田畑書店社主の大槻慎二氏による。大槻氏は若山牧水に関心を抱き、「創作」のバックナンバーを繙《ひもと》き、扉に連載の続いている「歌話断片」に注目されたという。そして、短歌を詠む者はもちろん、そうでない読者にも興味深いのではないのかと大槻氏は考えたとのことである。私も「創作」のバックナンバーは折にふれて開き、読むことがある。しかし、この目次の裏の「歌話断片」を通して読んだことはなかった。大槻氏から送られたゲラ刷りを読みながら、牧水と喜志子についての理解がより深まったと思う。慧眼の大槻氏が「創作」の目次裏の一ページに注目され、本書の出版を企画されたことに心から感謝を述べたい。書名も大槻氏の発案である。

この一冊が、短歌のエッセンシャル、言葉のエッセンシャル、自然のエッセンシャル等について日ごろ思索を深めている人に出会うことができれば幸いである。

二〇一九年七月

伊藤一彦

若山牧水（わかやま　ぼくすい）
1885（明治18）年、宮崎県生まれ。延岡中学時代から作歌を始める。早稲田大学英文科卒。早大の同級生に北原白秋、土岐善麿らがいた。1910年刊の『別離』は実質的第一歌集で、その新鮮で浪漫的な作風が評価された。11年、創作社を興し、詩歌雑誌「創作」を主宰する。同年、歌人・太田水穂を頼って塩尻より上京していた太田喜志子と水穂宅にて知り合う。12年、友人であった石川啄木の臨終に立ち合う。同年、水穂が仲人となり喜志子と結婚。愛唱性に富んだリズミカルな作風に特徴があり、「白玉の歯にしみとほる秋の夜の酒はしづかに飲むべかりけれ」など、人口に膾炙される歌が多い。また旅と自然を愛し『みなかみ紀行』などの随筆をのこした。27年、妻と共に朝鮮揮毫旅行に出発し、約2カ月間にわたって珍島や金剛山などを巡るが、体調を崩し帰国する。28年、日光浴による足の裏の火傷に加え、下痢・発熱を起こして全身衰弱。急性胃腸炎と肝硬変を併発し、自宅で死去。享年43歳。

田畑書店

エッセンシャル牧水

妻が選んだベスト・オブ・牧水

2019年9月05日　第1刷印刷
2019年9月10日　第1刷発行

著者　若山牧水

発行人　大槻慎二

発行所　株式会社　田畑書店

〒102-0074　東京都千代田区九段南3-2-2　森ビル5階
tel 03-6272-5718　fax 03-3261-2263

装幀・本文組版　田畑書店デザイン室

印刷・製本　シナノ書籍印刷株式会社

Printed in Japan
ISBN978-4-8038-0364-0 C0195
定価はカバーに印刷してあります。
落丁・乱丁本はお取り替えいたします。